Paralelos é o resultado de um movimento de articulação de jovens escritores e interessados por literatura de todo o país. Em livro ou no site *www.paralelos.org*, o objetivo é promover conexões entre seus pares, cruzar idéias e servir como vitrine de novos talentos literários para um número cada vez maior de leitores. Paralelos pretende rimar "tornar público" com "formar público".

paralelos ;

17 contos da nova literatura brasileira

EDITORES Augusto Sales e Jaime Gonçalves Filho

paralelos

17 contos da nova literatura brasileira

AGIR

Copyright © 2004 dos textos, autores individuais
Copyright © 2004 dessa edição, editora Agir

Todos os direitos reservados e protegidos pela Lei 9.610 de 19.02.1988.
É proibida a reprodução total ou parcial sem a expressa anuência
da editora e dos autores

Organização e edição
Augusto Sales
Jaime Gonçalves Filho

Capa e projeto gráfico
Mariana Newlands

Ilustração de capa
Christiano Menezes

Preparação de originais
Augusto Sales

Revisão
Michelle Strzoda

Produção editorial
CASA DA PALAVRA

Assistente editorial
Cecilia Giannetti

CIP-BRASIL. CATALOGAÇÃO-NA-FONTE. SINDICATO NACIONAL DOS EDITORES DE LIVROS, RJ.

P241
    Paralelos; (v. 1) : 17 contos da nova literatura brasileira
    apresentação Augusto Sales. – Rio de Janeiro : Agir, 2004

    ISBN 85-22-00637-7

    1. Antologias (Conto brasileiro). II. Título : 17 contos da nova literatura brasileira.
04-2874.   CDD 869.93008
                                                      CDU 821.134.3 (81)-3 (082)
19.10.04   25.10.04   008059

Todos os direitos reservados à
AGIR EDITORA LTDA
Rua Nova Jerusalém, 345   CEP 21042-230   Bonsucesso   Rio de Janeiro RJ
tel.: (21) 3882-8200 fax: (21) 3882-8212/8313

Sumário

Paralelos que se cruzam
Augusto Sales e Jaime Gonçalves Filho, 9

17 Contos

Peixe Homem - Motor de pernas secas, Antonia Pellegrino, 15
Constância, Augusto Sales, 19
O último quarto à direita, Cecilia Giannetti, 23
Devaneios, Crib Tanaka, 31
Solidão Compartilhada, Flávio Izhaki, 35
Goteira, Francisco Slade, 39
E-scravos, Gustavo de Almeida, 45
A casa do cachorro, João Paulo Cuenca, 49
Miséria, Jorge Cardoso, 53
Pinocchio carcomido por cupins, Jorge Rocha, 57
Gaberah, Leandro Salgueirinho, 61
História acerca de botões, Mara Coradello, 67
O homem dentro da caixa de sapatos, Mariel Reis, 73
Viagens, Paloma Vidal, 77
Litoral, Pedro Süssekind, 83
Acalanto, Simone Paterman, 87
Paralisias, Tatiana Salem Levy, 93

Te conheço de algum lugar?

Os autores, 99

Paralelos que se cruzam
Augusto Sales e Jaime Gonçalves Filho

Neste primeiro número impresso de *Paralelos*, convidamos o prezado leitor a apreciar o trabalho de dezessete talentos literários nascidos ou radicados no Rio de Janeiro e arredores. Além da geografia e da paixão pelas letras, há mais coisas em comum entre estes autores: eles são representantes do que chamamos aqui de "*novíssima*" literatura. São nomes de que você talvez já tenha ouvido falar, visto numa reportagem, lido a respeito ou mesmo cruzado com um deles no bar ou na internet.

Mesmo que o leitor não tenha esbarrado com nenhum dos nomes a seguir até hoje, a chance de ter lido alguns de seus textos não é pequena. Antonia Pellegrino, Augusto Sales, Cecilia Giannetti, Crib Tanaka, Flavio Izhaki, Francisco Slade, Gustavo de Almeida, João Paulo Cuenca, Jorge Cardoso, Jorge Rocha, Leandro Salgueirinho, Mara Coradello, Mariel Reis, Pedro Süssekind, Paloma Vidal, Simone Paterman e Tatiana Salem Levy são alguns dos novos escribas quem vêm espalhando sua ficção por *websites*, livros, jornais e revistas.

O trabalho reunido aqui celebra a diversidade da novíssima literatura, sua esquisitice e seu fôlego. Não temos pretensão de indicar os melhores autores, publicar os melhores contos nem de mostrar um panorama definitivo da produção literária mais recente. O que pretendemos é servir ao leitor um "menu degustação", um recorte com alguns dos nomes da produção literária mais recente. Os critérios são qualidade do texto e prazer de leitura. Para chegar a esta seleção, lemos centenas de textos de uma quantidade surpreendente de autores, grande parte deles publicados em *Paralelos.org*, nosso braço na internet e origem deste livro.

Há quase dois anos, de maneira bastante intuitiva, um pequeno grupo[1] formado basicamente por escritores e jornalistas começou a se reunir para discutir sem academicismos a novíssima literatura, seus representantes, o que e onde estariam publicando, quais seus estilos, opiniões etc. Ao tabular os nomes que se acumulavam, foi uma surpresa perceber que a participação dos escritores cariocas ou radicados no Rio era muito pequena comparada à dos autores de outros cantos do Brasil, sobretudo depois da publicação de *Geração 90 – Manuscritos de computador*, antologia organizada pelo escritor Nelson de Oliveira na qual, dos dezessete escritores selecionados, apenas dois eram do Rio de Janeiro.

Seria os anos 1990 a década perdida para a nova prosa carioca?

As respostas viriam aos poucos, em contribuições para o site *falaê!.com.br*, uma espécie de embrião de *paralelos.org* – que desde 1999 já reunia na internet ficções, poesia, debates, matérias e artigos bem e mal-humorados discutindo os anseios e as inquietações de pelo menos duas gerações; gente interessada em literatura e cultura. Duas gerações que pareciam estar papando mosca num ambiente literário que começava a se movimentar com o lançamento de novas revistas e coletâneas.

Em pouco tempo o diagnóstico virou ação e, já com um representativo número de escribas envolvidos, nasceu na Primavera dos Livros[2] de 2003 o site *paralelos.org*, revista eletrônica focada na literatura contemporânea e com o objetivo claro de promover e difundir ainda mais a idéia da importância da articulação dos escritores da novíssima safra. Ao longo do último ano, a revista consolidou-se como meio de publicação de nova ficção e, também, desenvolveu uma agenda nacional com lançamentos de livros e divulgação de eventos, além de publicar entrevistas, resenhas e reportagens.

Se há pouco mais de um ano o Rio de Janeiro era apenas um tímido coadjuvante da onda de renovação literária – "a mais importante que o Brasil vive desde os anos 70", segundo o escritor Sérgio Sant'Anna – hoje não se pode dizer o mesmo; muita coisa mudou nesse período. O trabalho coletivo que

---

[1] O grupo inicial foi formado por André Mansur, Augusto Sales, Crib Tanaka, Jaime Gonçalves Filho, Jorge Rocha e Rafael Lima, juntando-se logo depois Mara Coradello e mais adiante Cecilia Giannetti, João Paulo Cuenca, Paloma Vidal e Mariel dos Reis. André Mansur e Rafael Lima acabaram deixando o grupo, que se acabou informalmente se tornando uma espécie de conselho editorial, que eventualmente se reúne para trocar idéias, discutir sobre literatura e pautas para paralelos.org e outros projetos.

[2] Primavera dos Livros é uma ampla feira anual de livros, organizada pela LIBRE – Liga Brasileira de Editoras – que reúne pequenas e médias editoras. A feira é realizada nas cidades do Rio de Janeiro e São Paulo.

representa a iniciativa de *Paralelos* ganhou as páginas de alguns dos principais jornais do país e alguns desses escritores paralelos foram conquistando paulatinamente seus espaços, publicando livros e participando de eventos como a Festa Literária Internacional de Parati – Flip.[3]

Se a idéia da *Paralelos* nasceu no Rio de Janeiro, seu alcance sempre foi muito além da cidade. Acompanhamos de perto, principalmente pelo site *paralelos.org*, a produção literária mais recente dos autores paralelos em todos os cantos, sejam inéditos como os gaúchos Alessandro Garcia, Ariela Boaventura e André Czarnobai (Cardoso); os paulistas Claudinei Vieira, Edgard Reymann, Fabíola Moura e Vanessa Bárbara; os mineiros Christiane Tassis, George Cardoso e Milena Rodrigues; os pernambucanos André Laurentino, Álvaro Spíndola e George Pereira; os brasilienses Alexandre Marino e Jules Queiroz; ou os cariocas Alexandre Nix, Antônio Dutra, Fernando Gerhein, Miguel Conde, Rosana Caiado e Vinícius Martinelli Jatobá; ou gente que já está adiante publicando seus livros, como por exemplo Delfin (*Kreuzwelträtse*, 2004), João Filho (*Encarniçado*, 2004), Marcelo Benvenutti (*O livro laranja*, 2003; *O ovo escocês*, 2004), Paulo Scott (*Histórias curtas para domesticar as paixões dos anjos e atenuar os sofrimentos dos monstros*, 2004), Tony Monti (*O mentiroso*, 2003) Verônica Stigger (*O trágico e outras comédias*, 2004) e Wladimir Cazé (*A filha do imperador que foi morta em Petrolina*, 2004) só para citar alguns.

SOBRE ESTA ANTOLOGIA

Acostumados a escrever por escrever, e principalmente a exercitarem-se experimentalmente na internet, alguns textos aqui apresentados não foram originalmente produzidos para figurar em antologias ou para um livro especificamente, mas por pura compulsão. Afinal, se antigamente o aspirante a escritor guardava na gaveta seus manuscritos para – quem sabe um dia – apresentar a um editor, hoje a coisa é um pouco diferente. Com a ajuda da internet e ferramentas como os blogs, quem tem acesso a um computador, a uma linha telefônica e a um provedor gratuito pode facilmente publicar seus textos na rede e receber um *feedback* quase ime-

---

[3] Na Flip de 2004, fomos convidados a pensar e organizar a oficina literária Veredas da Literatura, que na primeira vez juntou oficialmente na Festa algo em torno de 60 autores inéditos para concorrerem a uma bolsa de criação literária.

diato de seus pares ou leitores. Observadores mais sagazes já entenderam que os textos literários publicados na web são em sua grande maioria *work in progress*, rascunhos, idéias e não necessariamente o produto final ou o melhor do que aquele autor pode escrever.

Pragmaticamente conclui-se que a internet hoje é muito mais importante para a nossa literatura do que muitos podem supor. Frente às dificuldades do escritor iniciante, ela serve tanto de ateliê para criação, mas também suporte à obra e ultimamente como espaço para exposição do trabalho e interação com o público. Também contribui para a formação no *underground* de uma rede muito boa de talentos que paulatinamente conquista um crescente público fiel, fortalecendo assim esse manancial literário que sem retroceder vai subindo entre as fendas até chegar à superfície.

Pensando no que une os autores do primeiro número da *Paralelos*, percebe-se que a concisão, diversidade temática, um certo descomprometimento e independência é o que aproxima estes escribas. Obviamente, obras literárias, mesmo quando pertencentes a um mesmo movimento, linhagem ou geração, procuram diferenciar-se entre si para que cada uma tenha sua própria identidade; e assim, paradoxalmente, estejam unidos pela diferença.

Cabe ressaltar que os contos aqui apresentados não encerram definitivamente o tipo de linguagem, forma, tema recorrente, estilo ou corrente literária de seus autores, que flertam com variados elementos buscando saídas para os mais diversos caminhos.

A *Paralelos* chega certa de que o que faltava, no início do processo, era o corpo-a-corpo, as oportunidades de troca de idéias, olhares e conhecimento mútuo. E, na tentativa de mudar o rumo da prosa, propôs e promoveu o cruzamento dos paralelos apresentados aqui. Esperamos que os nomes integrantes desta revista-livro sejam fixados na memória do leitor e que seus textos toquem alguma coisa aí dentro. E que inspiremos o lançamento de outras publicações dedicadas aos novos autores.

Em tempo: Acreditando que, assim como a obra de arte já saiu da tela, a literatura já superou o suporte livro, Paralelos não é uma publicação que se encerra na página 111. A totalidade dos autores citados aqui você encontra em www.paralelos.org. Confira.

17 Contos

Peixe homem – motor de pernas secas

Antonia Pellegrino

Jogado num canto, em pêlo, a boca aberta mas não muito, ofegante. Olhos opacos. Já o vi em situações melhores. Apartamento mobiliado, forte, alimentando-se diariamente, corado de sol. O prédio foi mal construído. O chão é desnivelado, resta um pouco d'água num canto da sala. Percebi que as coisas não iam bem quando o vi correr atrás dessa água sem alcançá-la. Os passos largos faziam a construção girar. A água escassa jogava de canto a canto, escorria pelo taco, mililitros de insistência e desperdício. Pareceu-me que já não tinha mais responsabilidades, moral ou sentimentos. A luz fora cortada. O escuro o ocultava de mim.

Era um apartamento com pilhas de revistas ao lado do sofá de dois lugares em frente à mesa improvisada com tampo de vidro sobre pés de jornais. Na estante, livros de não-ficção, duas gravuras näif, centenas de LPs, logo ao lado, uma penteadeira art-deco com espelho veneziano servia de suporte ao cinzeiro sem cinzas e nada mais. Grandes bolas de madeira rolavam no chão até o tapete oriental, como aqueles de leilões televisionados e, sobre ele, a bela mesa branca de jantar com jogo de quatro cadeiras, o piano de armário, uma bananeira Musa Sumatra. No teto, dois ventiladores. As paredes brancas dividiam a sala do único quarto, banheiro e cozinha, nunca cheguei a saber o que tinha do outro lado.

Apenas numa noite, tive a impressão de ouvir a porta bater depois de um grito feminino – ou teria sido um miado? No verão o taco estalava, fazendo-me pensar que recebia visitas. No verão, gostava de ver seu sorriso ao escancarar as janelas para sentir o calor do sol. Nestes dias, ele ligava o ventilador. As bolas de madeira mudavam de lugar ao fluxo ritmado das pás. Fazia abdominais. Jamais saía. O silêncio mantinha o piano fechado. Até as compras eram feitas por telefone ou computador. Mesmo quando entregadores lhe traziam comida ou outra espécie de coisa, ele os fazia empurrá-las para dentro por uma portinhola na parte inferior da porta.

Ao passo que aquele verão caminhou, seus movimentos sumiram da sala. Ele não mais escancarava as janelas e pouco comia. Semanas imóveis. Não era poeira não, era vapor, cobrindo o vidro das janelas, o apartamento transformara-se numa estufa. Verão no aquário. A bananeira da sala perdeu o viço. Bolas de madeira sobre o chão melado. O forno, o bafo, a leseira. A quietude das cortinas. O verão não queria nos deixar. Cheguei a pensar que ele tinha viajado. Estava no quarto. Nem ligava os ventiladores para refrescar. Talvez tivesse alguma doença infecciosa, daquelas que surgem ao noroeste do continente e chegam ao país trazidas pelos ventos.

Primeiro sumiram as gravuras. Em seguida o cinzeiro e as revistas. Depois foram o sofá e a mesa improvisada. Não chegaram peças novas e sumiu a penteadeira. Quando ele deu cabo à bela mesa branca e ao jogo de cadeiras, saí pelas ruas à procura do despejo que, para minha decepção, não estava mais lá. Foram-se os livros, os LPs, a estante. Desapareceram os ventiladores. Ficaram apenas o tapete, o piano e as bolas. Pensei que talvez fosse uma nova tendência de decoração minimalista. Mas quando a parede de tijolos que dividia a sala da cozinha deu lugar a uma de vidro, estranhei.

Bueiros virados. Alagamentos. Contenções e barreiras desabavam por todo lado. Só restava o piano quando começou a chover. Os muitos litros d'água evaporados nos últimos tempos fizeram a chuva grossa e áspera. No apartamento, goteiras. Goteiras, nenhum balde ou pano de chão. E ele reapareceu, disposto, revigorado, sorrindo, feito criança no parque, braços estendidos, como num comercial de refrigerante, feliz, vendo a chuva molhar o piano aberto. Aquele piano, feito em mogno, teclas de marfim, deveria valer uma fortuna. E ele dançava na chuva, cantando, até de cabeça para baixo, parecia outro. Talvez tenha bebido, embora não fosse do seu feitio. Talvez tenha tomado alguma dessas drogas sintéticas, embora não me parecesse um tipo pop, rock'n'roll. Talvez. Bem, percebi que estava em cuecas e não achei de bom tom continuar a observá-lo.

E choveu. Janelas lacradas. Quando voltei ao posto, ele nadava. A sala transformara-se numa piscina d'água azul à altura dos joelhos, maré cheia. Os pés descalços moviam-se com tamanha agilidade que pensei ter visto barbatanas. As mãos eram levadas pelos braços fortes até a frente do corpo e abriam espaço entre as águas, impulsionando o belo corpo nu. Ele brilhava.

Embalado pela corrente, tudo parecia girar, ele nadava em círculos tão rápidos quanto redemoinhos, marulho das ondas, o ar em melodia cromática, barulho das bolhas. Tive medo que precipitasse um maremoto. Costelas ou escamas? Seu fôlego era imbatível. O rosto permanecia mergulhado por 115 voltas, eu contei, até a boca se abrir ao ar, olhos vivos, o rosto ser devolvido suavemente à água. Não sei se foi o raio de sol que o iluminou numa inspiração, mas pude ver uma nesga prolongada de felicidade. A distância se desfez.

Ele nadava num pedaço d'água azul para consumo interno, e eu, que nunca tivera vista, apenas os muros cinzentos, os fundos dos prédios, as brechas das salas alheias e seus movimentos rotineiros, eu agora tinha vista para meu próprio oceano.

Constância

Augusto Sales

A felicidade é um susto.
(Tony Monti, numa dedicatória estranha e curta para
meu exemplar de O mentiroso, *seu livro de estréia*
Paraty, sexta-feira, 9 de julho de 2004)

ERA UMA FESTA COMO AQUELAS DE ANTIGAMENTE. O salão de tábua corrida, bem encerado, a percussão dos saltos dos sapatos acompanha as músicas românticas que incensam o ambiente penetrando ouvidos e corações atentos. No canto, as cadeiras dispostas lado a lado, as velhinhas conversam sobre os bailes de sua juventude, ouço o casal do lado se lembrar de quando ele a cortejou e de como ela terminara seu noivado para se juntar a ele e assim depois de tantos anos estavam eles ali assistindo sua filha, moça, dançar entre os convidados.

Dirijo-me à mesa onde repousam o ponche, a sangria e os quitutes doces e salgados. Um rapaz me chama atenção. Exímio dançarino, pés leves e ritmo envolvente. Faz-se notar entre as meninas do salão. Sinto saudades dos meus tempos de garoto. Lembrei-me especialmente de um baile que resumiria minha existência:

— A Senhorinha quer dançar?

— Menino, você é muito novinho para mim, por que você não chama para dançar as meninas de sua idade?

Tentava ser gentil com Constância. Ela ali esquecida no canto, vestida de juta. Solteirona, teve um filho muito nova, de pai desconhecido. Dizem que o menino era filho do primo Austecleniano. Ele, que sempre vinha para cá passar as férias de verão, nunca mais voltara, desde que Constância embuchara. Dizem que a família o mandou para um colégio interno.

Todos os garotos tinham medo de colégio interno. Imagina ficar preso o dia inteiro com um bando de bobocas que ainda ajoelham no milho.

Tomava ponche escondido. Dona Iolanda, a beata, simpatizava comigo e, embora tivesse apenas 14 anos, gostava de me ver embriagado. Não foram poucas as vezes que tomei do vinho do padre com a beata. Ela se divertia. Vermelha, sempre ficava soluçando, gozado isso! Eu, na maior parte das vezes, dormia naquele fresco que era a sacristia e as dependências internas da igreja. Podia estar o maior sol lá fora, que dentro da Casa do Senhor estava sempre ameno, agradável, e eu, meio "chuco" por causa do vinho, descansava nos bancos enquanto Dona Iolanda fazia a faxina semanal do santuário. Naquela noite, na festa, Dona Iolanda me chamara na cozinha:

— Menino, você está um rapaz e já é hora de começar a enxergar as moças. Toma aqui mais um gole de ponche para tomar coragem. E não te esqueças de que as moças gostam é de rapazes desinibidos e que sabem dançar. Vai lá no salão e tire as moças para dançar, aproveite e comece pela Senhorinha.

Não fosse Dona Iolanda, não teria chamado Constância para dançar. Ora, este monte de moças cheirando a perfume gostoso e eu sendo rejeitado por Constância?

— Vamos lá menino, vamos ver se você é pé-de-valsa como dizem — disse Constância rindo pelo canto da boca.

O menino dança, embalado pela solteirona, como se estivesse nas nuvens, desliza sobre o assoalho inebriado pelo contato tão próximo com uma mulher. Constância era mesmo uma mulher de verdade, e eu, ali, desajeitado, de mãos dadas com ela prestando a maior atenção para não tropeçar em suas longas pernas parcialmente à mostra.

Lembro-me que, por cima dos ombros de Constância, a primeira moça que me saltou os olhos foi Clara. Sentada ao lado da mãe percebia que me observava. Rodopiava com a Senhorinha, ia próximo a Clara só para provocá-la. Divertia-me.

Que vontade de dançar com Clara! Seus olhos quase vesgos sempre me chamaram atenção, mesmo há poucos anos quando a encontrei na saída do metrô da Voluntários da Pátria, de mãos dadas a um garoto, provavelmente seu filho, e acompanhada de um homem que, por ter as feições muito parecidas com as do garoto, deduzo ser seu marido. Ergui a cabeça e, fingindo não vê-los, atravessei a rua.

— Clara, me concede esta dança?

Inseguro, sequei a palma das mãos na calça de brim, e fingindo naturalidade me estiquei em sua direção. Clara ficou imóvel, e sua mãe, meio a empurrando para os meus braços:
– Clara, levanta, o menino não vai ficar te esperando a noite toda, filha!
Dancei com Clara até que avistei a vovó Leda num canto do salão.
– Vó, vamos dançar?
Dancei com a vovó Leda para diverti-la. A partir daí virei a atenção da festa. Passado algum tempo, já tinha dançado com quase todas as meninas do salão, menos com Letícia. Como gostava de ficar perto de Letícia! Sinto ainda uma certa nostalgia boa daquele tempo. Mas queria dançar mais, queria dançar com todas, e ao final, enfim, dançar com Letícia.

Naquela noite, mal começava a dançar e já ficava olhando por cima do ombro de quem estivesse comigo, perseguindo a seguinte para tirar para dançar. E Letícia ali. Sentada. Quase que me esperando.
Tiro Letícia para dançar. Ficaria a noite inteira a dançar com Letícia. Olho por cima de seus ombros e vejo que ainda há meninas no salão as quais não cortejei.
Poderia ter Letícia por toda a noite, sem pensar no tempo, nas outras pessoas no salão. Aqueles foram os melhores minutos da festa. Vejo ainda seu sorriso. Não queria largar aquelas mãos miúdas.
Constância se aproxima:
– Vamos dançar de novo, menino.
Me distraí e não percebi Letícia ir embora.

De tão preocupado em satisfazer meus sentidos que não percebi sua saída. Olho por cima dos ombros da solteirona e percebo que todas as moças com quem dancei, com quem poderia ter conversado, ter desenvolvido um passo adiante, se foram. Uma a uma. Devagar o tempo passou, a noite acabou e não me dei conta das pessoas que passavam em minha vida e que dançando deixei que saíssem sem me despedir.
Estava sempre vislumbrando o próximo passo. Olhando por cima dos ombros. Constância estava comigo na primeira dança, mas hoje sei que não deveria ter sido sua aquela última valsa. O salão vazio, o maestro anunciara o último número da orquestra.
Termina o baile.
Dancei com a Felicidade e olhei por cima de seus ombros.
Casei-me com Constância. Não tive filhos.

O ÚLTIMO QUARTO À DIREITA

Cecilia Giannetti

O QUADRO NA PAREDE DA SALA ESTÁ DESBOTANDO, FICANDO PÁLIDO COMO A DONA. Ela não liga se o material que dava cor e forma à figura vai se perdendo aos poucos. Foi feito com pó colorido soprado em cima de camadas finas de tinta fresca, o cabeludo formado pela Faculdade de Belas Artes da UFRJ garantiu ser técnica primitiva utilizada pelos homens das cavernas. De acordo com a lei de sinais invertidos do mercado de artes, a informação conferiu dignidade e força ao quadro, que custou 600 pilas. E agora seus contornos essenciais sumiram, ninguém lembra mais o que representavam.

— Ele não tinha mais nada nessa linha pré-histórica, com materiais que se fixassem melhor à tela, tipo fezes ou gordura animal?

O apartamento também perdeu pedaços, como se um sopro tivesse entrado pela janela e desarrumado os cômodos. Virou uma névoa à espera de reconfiguração, de que o pó assente e forme um novo desenho. Ele levou o sofá e a TV, ela ficou com os armários, a cama. Sentamos com as pernas dobradas em cima de um colchonete, duas budistas em happy hour, com menos de meia garrafa de tinto entre nós e outra vazia.

— Era um velho de chapéu tocando piano.
— Não tinha um potro com uma mulher montada meio de ladinho?
— E um lago...
— Acho que era uma praça de alimentação de shopping com música ao vivo.
— Daí o piano.

— E o chafariz, a égua cuspindo água pelas ventas, as lojas em volta. Barra da Tijuca?
— Pode ser.

Analice ajeitou pra frente, com os dedos os cabelos curtos, bufou, distorceu a boca do jeito que faz quando fica de saco cheio. Levantei pra tomar uma providência, debaixo da pia da cozinha achei o último vinho. Passei água no vidro empoeirado, puxei a rolha e com ela subiu um cheiro acre. Libertei o gênio da garrafa, ele tinha gases.

O micro eternamente conectado à internet apitou com mensagem nova no quarto. Meu dever interceptar se fosse ele. Já dito tudo que era pra ser dito, divisão dos parcos bens de jovens divorciados, famílias avisadas e conformadas. Conversa encerrada sem prolongamento via e-mail, ok? Ok, entendi quando me pediu pra levantar o muro. Fiz a curva antes da sala pra bisbilhotar que diabo, quem. Alarme falso. A leitura em voz alta do Spam recebido atraiu Analice ao quarto.

Fantasia dos Casados! Festa Exclusiva! R$ 30,00 Por Casal! O Único Com Tatame, Treliça, Labirinto, Ola de Beijos, Apagão e Multiplicação das Mãos, Música Ao Vivo com Vando Oliveira!

Empurrou a cadeira giratória com a bunda, abriu o armário. Extraiu da bagunça um vestido preto, óbvio, um par de sandálias de tiras fininhas e saltos delicados.

— E eu, vou assim?

Atirou um vestido quase idêntico na minha direção e um par de tamancos vermelhos um número abaixo do meu. No táxi, foi calada, vento na cara. Eu sentia a cabeça pesada e um borro de vinagre no céu da boca.

A boate ficava numa ruazinha escondida no Centro da Cidade, a fila quase dobrando a esquina. Do início ao fim, todos casais. Às 20h da quarta-feira os últimos engravatados saíam de seus caixotes na avenida Rio Branco em direção aos bares dos Arco dos Telles, e Analice foi no primeiro que viu, um garoto com pinta de estagiário de advocacia que comia cachorro-quente numa van-barraca. O dono da van-barraca vinha comigo. Despesas, inclusive cerveja, por nossa conta. Condições: podiam fazer o que quisessem, desde que não fosse com a gente.

– Eu não tô vestido pra isso, dona.
– Lá dentro o senhor tira a roupa.

MY NECK MY BACK
LICK MY PUSSY AND MY CRACK

Luz baixa, batida eletrônica alta e tediosa, com vocais femininos comandando uma letra sobre lamber. A música ao vivo com Vando Oliveira não tinha começado. Os casais, pelo menos os que conversavam no bar, ainda vestidos. Em frente ao bar, o labirinto. O estagiário, que até ali só tinha feito figuração, ganhou pontos:

– Tem duas portas, entrada e saída. Se andar sempre com a mão na parede do lado direito, não tem como se perder.

Do labirinto ecoavam gemidos, se eu colasse um ouvido na parede do lado de fora escutaria também o equivalente carnal de palavras caras à literatura erótica universal como estocadas, intumescido e molhadinha. Analice entrou com o garoto, que já tinha afrouxado a gravata. Meu business man proprietário de van adaptada continuava parado do meu lado, a pança confortavelmente instalada sobre o elástico da calça até o meio da braguilha.

– ...pegar uma cerva – e fui na direção contrária do bar onde uma escada não prometia cerveja alguma, os degraus me enganavam *ela agarrou o seu mastro e começou a lamber e chupar como se fosse um delicioZo sorvete de chocolate* queria lavar o vinagre da boca mas possível tropeçar nas sandálias, cair sentada no colo de alguém de pau em riste *my pussy and my crack* Analice se diverte mais que eu, esquisito gente de óculos na suruba mas sacanagem não tem feio e bonito, *buraco é buraco.*

O último degrau desembocou num corredor longo como o mastro e escuro, com uma seqüência de portas fechadas à esquerda e à direita que pareciam seguir além do ponto onde a lâmpada da escada não alcançava. Tentei a primeira porta e a porta em frente a ela, trancada, trancada, tateei outras maçanetas no escuro, avancei, nenhuma, nada cedia.

O som da pista de dança ficou pra trás, agora só notas espaçadas que vinham do fundo do corredor, chegavam cercadas de silêncios, cálculo de pianista razoável, escoavam pela mesma fresta que o fiapo de luz avistado no chão em frente ao último quarto à direita.

Empurrei a porta devagar, mais penumbra e Vando Oliveira num Steinway em vez do esperado Casiotone; "*Introspection*", nenhum Djavan. Lembrava Thelonious Monk, boina e um meio sorriso que o ajudava a segurar o cigarro aceso na boca. Tinha um foco de luz fraca sobre as teclas e o resto da sala eram vultos metidos num burburinho sem ai-ais nem me-fode-me-fodes. Frações de corpos com a pele de uma textura romântica, granulada, como se vivessem num filme antigo. Casais, trios, grupos enroscados pelos cantos e a sala era gigantesca. Parecia não ter fundo.

– Essa música é chata.

Numa cadeira encostada à parede, o garoto balançava as pernas roçando o chão com a sola dos tênis, indiferente à sacanagem.

– Quantos anos você tem?
– Você tá cansada de saber.
– Quem te trouxe?
– Nada disso aí é novidade pra mim.
– Qual é seu nome?

Ele estava com a camisa azul de botões que usava no dia em que fomos pegos atrás de uma porta na casa dele em 1989. O problema não era o amasso com uma garota mas que Diogo tinha 11 anos recém-completados e eu já passava uns meses dos 14. Pouco tempo depois se mudou com os pais e a irmã pra Curitiba e eu nunca mais ouvi falar dele. Agora, os mesmos cabelos pretos muito lisos, os mesmos olhos meio puxados, os joelhos ralados pelo péssimo futebol que insistia em jogar com os garotos mais velhos. Sempre andou com gente mais velha.

Continuou balançando as pernas e chutando objetos imaginários no chão, não me seguiu quando lhe dei as costas, não me chamou.

Um garçom passou com um balde de gelo cheio de long necks. Largo e consistente como um cofre, o que dava pra saber mesmo no escuro, cabelos raspados rentes à cabeça. Cutuquei suas costas mas ele não se virou.

Será que eu tinha que comprar ficha antes? Fui atrás do homem e do balde entre todo tipo e tamanho de gente sem roupa, gordos, musculosos ou magrelos, peludos como ursos ou sem pêlo algum como nadadores profissionais. Mãos me apalpavam, sem tentar me segurar.

– Ei. Garçom. G-A-R-Ç-O-M!
– Você nunca me ligou de volta e eu sei que desliga o celular quando vê meu número na tela, não respondeu meus e-mails, nunca mais apareceu nos shows.

Apertei a vista pra enxergar Fábio entre a fumaça e o breu. Tinha 20 anos e cantava num grupo de hip-hop quando fomos apresentados na festa de réveillon de uma gravadora em São Paulo. E porque ele tinha 20 anos e cantava por aí, achei que não ia dar certo mas estava sozinha e arrisquei e continuei arriscando até que acordamos juntos uma vez, num dia de semana, e eu estava atrasada pro trabalho. Quando nos despedimos na entrada do metrô, perguntei o que ele ia fazer o resto do dia. Ele respondeu que tinha que andar de skate. E nos despedimos mesmo.

– Mas eu gostava de você. Que é que interessa se eu ia andar de skate ou trabalhar de terno e gravata?
– Não é isso...
– É por que eu sou garçom?
– ...Te faltavam metas, objetivos. Eu tinha responsabilidades e você não, já era balzaca e você ainda usava boné virado pra trás.
– Eu tenho responsabilidades – decretou e me entregou uma garrafa como quem diz "passar bem".

Vando Monk Oliveira me dirigiu um esgar cheio de significados ocultos e arriscou uma adaptação de "*Nothing but a 'g' thang*", Dre e Dog. Fez um belo trabalho emendando a base com Gershwin, "*But not for me*".

O negócio, Vando, é que cada um é responsável pela decisão de criar ou não o mistério. Ele só pode existir se ignoramos que todo o esforço de confecção do mistério é nosso. Espumo de inveja de todos os apaixonados, que não sabem, que representam sua ficçãozinha sem reparar no cenário, nas coxias atrás do papelão, nos poros dos atores cimentados com maquiagem.

Alguém já te disse que tu parece o Monk?

Sentada ao lado do pianista, eu reconhecia os vultos tão logo largavam seus beijos e olhavam pra mim. Uma penca de namoradinhos, André, o primo que me escrevia enquanto amargava período no Colégio Militar, ainda com penugem por barba no rosto, abraçado a um maço de cartas no meio da sala. E Francisco, Eduardo, Guilherme, Pedro, também o Alemão, porque seu cabelo era loiro quase branco, e o Gringo, porque era Trevor e inglês, incrivelmente macho pra um bailarino, todos se esfregando em mulheres sem rosto mais gostosas que eu, mais altas que eu, mais delicadas e dedicadas que eu.

Todos comendo os restos uns dos outros. Um dia também já raspei prato, sei como é, conheço o barulho das engrenagens roucas, das traças de pele que as consomem infinitamente, escuto o estômago oco impelindo à mútua devoração. E vão pra rua se apaixonar, tocar em minúsculos pontos carnes diferentes, roer o que já está puído. Sabor nostálgico de nada.

Agora, Monk, olha aquele homem cravado na morena despudoradamente de quatro no meio do salão. Não digo o nome dele, satura a minha língua. Pouca coisa mais velho que eu, não-publicado, desempregado, menos ambicioso que o Fábio, mais criança que uma criança de 11 anos, melhor que todos os outros. E é a cara do Clint Eastwood em "Por um punhado de dólares" se você o vê assim, pelas costas, no mais completo breu.

Monk, fantasma é ausência do tamanho exato de outro, preenchida de vácuo. Memória e imaginação não enchem buraco, nem filmes, nem livros, nem dezesseis maravilhosos compassos num swing... Aquele homem curvado em cima de outras é meu.

***

Voltamos pra casa de carona na van do cachorro-quente, que antes desovou o estagiário na PUC. Tinha prova às 7h30. Cantamos desafinadas no banco de trás.

— Ninho desfeito é uma casa onde mora a dor, se batem na porta do meu triste lar...

— Soltem as fechaduras das portas... soltem também as portas dos seus batentes.

Língua seca, dor no peito, ressaca moral. E Analice de bocona vermelha e inchada de tanto que aproveitou, sempre se diverte mais que eu. Enquanto ela passava café na cozinha, me estirei no colchonete amassando nosso vestido. Antes de apagar sem beber mais gole nenhum de nada, distingui o quadro – uma tela branca, nua – que me fugiu quando as pálpebras pesaram.

Devaneios:
Mistura não-combinada de palavras
num espaço refinado
(nome baseado em coleção de Felipe Eiras)

Crib Tanaka

Felicidade = 1 real

Endorfina vem das flores de plástico que eu comi. Margaridas e orquídeas de cabos verdes e finos, algumas com miolos dourados, salpicados de purpurina das que soltam. Cheguei em casa brilhando. Os cabelos tinham aroma do campo, nada desses que vem em pote, foi do contato com as flores mesmo. Toda vez que me sinto triste, recorro a elas. Compro buquês por 1 real. Sai barato ser feliz nas lojas chinesas.

Fui achada em meio à seção de promoção, uma vez. Tentei levar umas daquelas rosas miudinhas para casa. Viram. Mas não deu em nada. Já estão acostumados. Na hora do jantar, pus todas elas, as rosinhas, de todas as cores que você possa imaginar – até azul – no prato. Comi. Não me fez muito bem. Mudei de flor, desde então. O sabor dos girassóis é bem melhor.

Desde que cheguei aqui, só me dão cravos. Sinto falta da loja chinesa, aqui não há variedade como lá. Conformo-me. Trouxe algumas outras comigo. Ponho a orquídea no vaso de vidro, com um pouco de água. Deito na cama e sonho com jardins.

Elevador

LEITE DE ROSAS ENJOANDO A RINITE. Aperta. Oi. Tempo fechado, tempo esquisito. Tudo esquisito naquela sensação do rápido sem fim. O nervoso suado nas mãos das pessoas carregadas. O dia inteiro nessa de andar pelos pisos. 220kg limitados. Pés e meias levam cuspes. Há quem se pense sozinho e toque punheta. Faça caras. Qualquer excesso poderá causar danos. O barulho dos sugadores de alfaces entre os dentes concorrem com as correntes atritando, suaves. Canetas riscam, giletes cortam as placas que para nada contam. Nunca são respeitadas. O cheiro de carne assada vem sempre do nono andar. Dizem que a moradora tem plantação de palmito. Mas ela só cozinha carne, acho. Diversão pra alguns se chama botão. Vários são parque de possibilidades. Os que estão aqui não têm luzes. Quais são as possibilidades dentro de um espaço retangular? Ser desligado duas vezes ao dia. Ignorado em sua função. Fragilizando suportes, aparecem as crianças e mochilas e merendeiras e babás. Conseguem correr. E se batem. O menino do 12 fala sozinho, anda em círculos. Círculos dentro de um retângulo. Menos de 4 x 3. Apoiado em correntes alérgicas a leite de rosas.

pra te amar melhor

ENTÃO, POR QUE VOCÊ TÁ ME IRRITANDO?, ele disse assim num misto de quase desligar na cara dela e desculpa embutido na frase despropositada. vendo o nervoso dele em tentar conter ódio não direcionado a ela – que acabara de ser válvula de escape sem ter culpa da esporrada – e na espontaneidade da explosão, não sabia se ria ou se ofendia. o resultado foi uma leve alfinetada – comum a quem é ágil com as mãos – costurando um assunto no outro, como que numa colagem. emendou livros, sites, pessoas e envelopes numa alinhavada só. quando desligou o telefone, ela ria. não gargalhadas, mas aquele leve sorriso estático onde não há necessidade de mostrar os dentes. então, por que você está me irritando? pra te amar melhor, meu amor. pra te amar melhor.

P~u

Poeirinha nos ares.
P~u.
Meio marrom. Tapete cobriu o dia. Agora fica esse calor-preguiça. Nada de suor. Tudo meio plástico. Estático. Pedindo um não se mova, deixa assim que assim tá bom.

Enrolada na manta vermelha, sentada no sofá marrom. Não, a combinação podia ser melhor, sim. Mas o conforto é o que interessa. Queria mesmo é ir à livraria – a grande – e comprar o livro de 30 e poucos reais com direito a autógrafo. Decepcionou-se – nada sério – quando soube que o autor era baixinho. Para ela, todos os escritores deveriam ser altos.

Cafezinho não cairia nada mal. Cafezinho, croissant, cheiro de charuto. Sacola com livros, paredes de luz fosca, CDs difíceis de achar. Uma embalagem com vários presentinhos inesperados dentro, pra dar a ele amanhã, dizendo: "Pra você!", olhos brilhando, sorriso feliz e sem graça de quem espera reação.

Poeirinha nos ares.
P~u.
Não largou a manta vermelha. Quando terminou a fita – duas horas e meia arrastadas – xingou a protagonista. Ô mulherzinha idiota, submissa à vida, calada às verdades.

Antes tivesse dado um foda-se à chuva e ido ao café.

Criar o cenário perfeito era o que ela fazia de melhor.

solugnâirt

Sete pedaços de triângulos de óceles (isos e outros) diferentes. Pedaços repartidos pelos cacos. A pinta no nariz refletida em traços de cristal iluminados. Arco-íris pelas paredes. Seus lados errados. Fez-se prisma e sobre a pintura branca, deixou-se sem medo espelhar. Reflexo inverso.

4 letter word

retorcimentos-nós, batimentos-conjunto, pés no lugar de mãos. impulsos-calor, movimentos viscerais, dúvidas extirpadas-entrega, resistência-abraço, laços internos. sensação-nuvem, coreografia de sentimentos, descontrole-acalanto. altar humano, cinco sentidos em foco, contradições aceleradas. admiração-encanto, feitiço-cor, sentimento-obra de arte. pinceladas de nirvanas, especulação íntima, universo em dois. amor: combinação de refinamentos numa mistura de espaços-não.

Solidão compartilhada

Flávio Izhaki

Ana e Paulo não brigaram. Quando Paulo saiu de casa e disse que chegaria muito tarde naquela noite, Ana não sentiu ciúme, mas saudade. Relembrou fatos e situações, colocando sentimentos que na ocasião não existiram. Tinha uma saudade fantasiada, de coisas que nunca tinham de fato acontecido.

Imediatamente sentiu uma vontade de beijá-lo e abraçá-lo. Dizer um eu te amo sincero, sussurrado, como um sopro tímido de carinho. Apressou-se até a porta, mas ao invés de abri-la, estacou. Observou Paulo pelo olho mágico. Ele já abrira a porta do elevador, por onde entrou e sumiu, sem saber daquilo que Ana tivera breve vontade de fazer. Mas faltara-lhe ímpeto, irresponsabilidade e ela estacou.

Quando viu que o elevador descera, abriu a porta. Caminhou devagar, os pés ainda úmidos, o chão gelado e sujo, e viu o elevador fazer a contagem regressiva: 3, 2, 1.

Desejou que o elevador voltasse, com Paulo dentro, e lhe diria tudo. Juro. Desejou que morasse num andar baixo, e como nos filmes pudesse gritar da sacada: "Volta, meu amor". Mas morava no oitavo andar, apartamento de fundos.

Ana e Paulo não brigam. Ele olhou para o rosto dela de modo assustador. Os cenhos crispados, a boca pronta para despejar trovões. Ana baixou os olhos para os punhos do namorado, temendo encontrá-los cerrados. Assim media a gravidade da situação quando era criança, e o pai corria atrás dela para uma boa surra.

As mãos de Paulo estavam abertas, e não se fecharam. A boca fez caminho contrário. Engoliu os desatinos a seco, equilibrou os músculos enraivecidos e ligou a televisão. Sem mirar a tela, fechou os olhos com gosto, e assim continuou, enquanto tirava um cigarro com maestria do bolso direito da calça jeans. Levou-o à boca e com a mão esquerda procurou, ainda de olhos fechados, o zippo prateado. Acendeu o cigarro e guardou o isqueiro de volta no bolso.

Ana adorava estas pequenas habilidades do namorado. Despreocupou-se da quase-discussão e passou a observar a fumaça fugidia que saía da chama acesa. Apagou a luz da sala, e deixou o namorado, que permanecia de olhos fechados, dividir sua luz com a tela azulada da televisão e alaranjada do cigarro.

Paulo fumava em silêncio, e quando a TV escureceu e calou-se, numa cena noturna do filme, Ana sorriu ternamente ao ver o queixo do namorado, coberto por uma discreta barba por fazer, se iluminar em contornos laranjas.

ANA E PAULO NÃO BRIGARÃO. Paulo pensava em Déborah Secco enquanto fodia forte sua namorada. Gozou rápido. Ana não o sentiu gemendo em silêncio. Olhava as poeiras dançando no filete de luz do sol da manhã que entrava no quarto escuro. Assustou-se com a sensação de peso perdido, depois que Paulo levantou, no que ela achava que era o meio da transa.

Recriminou-se mentalmente por ter ficado alheia. A pergunta "se ele não queria mais" foi freada, por sorte, na ponta da língua, quando viu o namorado dar um nó na camisinha gozada.

Paulo foi para o banheiro e trancou a porta. Ligou o velho gás do apartamento sem medo de qualquer explosão. Equilibrou-se em um só pé, esticando o outro em direção ao jato d'água para saber se já estava morna.

Ana continuou deitada por mais alguns minutos. Depois abriu a janela, se arrependendo em seguida por ter desfeito o filete de luz que a encantara enquanto o namorado a penetrava mecanicamente. No armário pegou uma calcinha limpa e vestiu-a. Em seguida, colocou a camisola do lado avesso, mas não percebeu.

Paulo sentiu um arrepio na nuca, que o fez tremer e dobrar os joelhos. Abriu a cortina do box em busca da namorada ou de alguma razão para aquele súbito arrepio. Voltou a tremer ao sentir a água morna tocar o pau meio mole, que já voltava a endurecer. Pensava em Ana.

Ana e Paulo [não] se amam. Ele cheirava à cebola, ela a alho. Beijaram-se displicentemente fazendo o jantar, e depois sorriram, envergonhados, pelo mau-hálito mútuo.

Paulo se enterneceu com a cumplicidade daquela cena de casal, de uma intimidade tão antiidealizada, mas preferiu culpar mentalmente as cebolas pelas lágrimas derramadas. Ana não percebeu enternecimento ou as lágrimas. Pensava que precisava aprender a fazer torta de limão para agradar o namorado. Olhou para Paulo e deu novo sorriso, tímido, discreto, apenas com um lado da boca. Ele achou que Ana fazia cara de pena, por vê-lo chorando e não saber como reagir.

Agarrou-a pela cintura e puxou-a para junto de si. Com as mãos, ainda assim sujas, alisou o pescoço dela com a direita e a bunda, só coberta pela calcinha fina, com a esquerda. Ela o beijou com avidez, mesmo sem entender o porquê daquela demonstração de desejo tão afoita.

Paulo encostou a cabeça no ombro da namorada, levou uma das mãos sujas de cebola ao rosto, e percebeu que continuava com os olhos marejados. Ficou longos segundos com a cabeça recostada em Ana, que, naquele momento, teve a certeza de que não entendia o namorado. Mas o amava, sempre em silêncio, no intervalo entre as suas esparsas conversas, sem olhos nos olhos. Apenas gestos e toques. Constantes interrogações de um caminho desconhecido. Sentiu-se ternamente excitada.

Acordaram cansados e com fome no meio da noite. Ele cheirava a alho, ela à cebola.

Ana e Paulo ainda não se conhecem.

Goteira

Francisco Slade

Por detrás das pálpebras recém-abertas, o dia. Se enganou quem disse que a maior alegria de gente da minha idade é acordar. Nem maior, nem alegria; uma pergunta e, quanto à importância, nada mais a essa altura é maior. Veja essa pinta aqui, no antebraço, próxima ao cotovelo; quando novo, me incomodava imenso, enorme e cabeluda que é. Sempre as mangas compridas. Hoje esqueço que ela existe. Quando a vejo no espelho, é uma quase-surpresa, ah, veja só, é mesmo. Após os breves momentos em que a memória prega uma peça em si mesma, vem a pergunta: como aquilo que me desgostava ao limite da neurose pode simplesmente sumir, virar algo que precisa de minha atenção pra existir? É a mesma coisa ao acordar. Quase-surpresa e nenhuma resposta. Logo depois, é a vez de o corpo lembrar a si mesmo que já não é bem um corpo – e, nesse caso, é tudo o que se pode lembrar, porque toda reminiscência do corpo simplesmente jovem é pura retórica. Mais amarga me parece a memória do corpo: perde irremediavelmente o passado e jamais o presente.

E, em meio a mim, eu me levanto pra outro dia. Sempre cedo, porque o meu sono leve não gosta de dormir até tarde. É claro que tudo isso que me vai pela cabeça se dissipa rapidamente; não há mais novidade nas minhas constatações. Só presença. E viver é se adaptar, não? É o tempo que pinga, tic-tac-tic-tac, sobre o homem. Acho que se, aos 20 anos, eu de repente acordasse como sou hoje, talvez me indignasse. Ódio até. Mas não da maneira como acontece, os dias se depositando uns sobre os outros.

Agora, o banheiro; lavar o rosto, a boca. Cozinha. É a hora do café e das cinco bolachas de maizena. Todas as manhãs, as mesmas coisas; depois de muito tempo, as mesmas coisas viram os mesmos movimentos, os mesmos, exatos, na mesma velocidade e me tomando o mesmo tempo.

Sempre que começo com a louça, acabo de botar na boca a segunda metade do último biscoito. Como o mesmo sempre pode ser ainda mais o mesmo... O sono, sempre o mesmo sono, a fome, sempre do mesmo tamanho... Mas, me parece: a adaptação é a ação da vida. Talvez esse seja o grande poder do homem, a adaptação, porque isso é que faz a espécie forte; o raciocínio serve a esse propósito e é isso o que permite virarmos melhor que a maioria dos bichos. Por exemplo, o Ernesto; moro com ele há mais de vinte anos – ah, e não é fácil viver com um irmão. Não mesmo. Sobretudo numa casa pequena como a nossa. O espaço é muito reduzido, incomoda. No entanto, foi o que a situação exigiu; aqui estamos. E se não soubéssemos nos adaptar a isso, nossa vida seria um inferno. Ernesto é muito diferente de mim e poderíamos ter conflitos. Mas nos adaptamos. Já há muitos anos que não há incômodo. Pra falar a verdade, só preciso encontrar Ernesto se eu quiser; de resto, basta que o cotidiano de cada um não atrapalhe o do outro. Por isso sempre lavo a louça logo após fazer as refeições; por isso arrumo tudo o que eu uso e limpo o que sujo. De novo ao banheiro, escovar os dentes.

Ernesto ainda dorme. Não faço muito barulho pra não acordá-lo; todo dia, depois do café, minha caminhada. Ando por trinta e cinco minutos. Ainda que eu vá num ritmo muito moderado, isso é fruto de um hábito trabalhado. De acostumar meu corpo progressivamente ao esforço. Acho que é uma boa marca pra alguém da minha idade. No caminho, aproveito e compro o jornal; temos pouco dinheiro, mas, como ele sempre diz, poder comprar o jornal a cada manhã é o mínimo de dignidade que todo homem deve conservar. Sempre ouço Ernesto dizer isso. É outra coisa a que nos acostumamos com a idade: nossos aforismos. Nos afeiçoamos a eles. A vida toda é tempo demais pra se convencer das próprias idéias. Acaba funcionando. Mais uma razão pra não interferir nos hábitos um do outro; agora o que vale é nos pouparmos de discussões; ninguém aqui se dispõe a convencer. E nem a ser convencido. As argumentações apenas se repetiriam. Assim, compro o jornal pra ele, todo o dia. E não é que, com os anos, acabei gostando de ler jornal todo dia também? Adaptação.

Chego em casa. Agora o banho. Deixo o jornal sobre a mesinha, entre as poltronas – os únicos móveis que temos na sala. E a velha televisão. Mesmo porque é tudo que caberia. Ernesto gosta de ler o jornal quando acorda. Quando acabo o banho, é hora de sair de novo. Vou pra praça. Jogar damas. Ernesto não gosta, é uma pena. Ele fica muito no quarto. Lê, imagino.

Depois, é hora do almoço. Eu como numa pensão perto da praça. Ernesto come aqui vez por outra, mas nunca nos encontramos; ele gosta de comer mais tarde. Outras vezes, come lá no bar do Zé. Eu não como lá. Acho tudo muito salgado, muito temperado.

Chegando em casa, escovo mais uma vez meus dentes e vou dormir. É um prazer dormir após o almoço. Meu sono mais pesado. Uma hora e meia depois, quando acordo, é Ernesto quem dorme. Ele também cumpre à risca nossos tratos; essa é a hora do dia em que gosto de ler jornal e não suporto encontrá-lo desarrumado; assim, quando acaba de ler, Ernesto organiza cuidadosamente os cadernos e deixa tudo exatamente como de manhã, quando eu trago o jornal. Como novo. Ele acha que é tolice minha, mas se acostumou.

Quando acabo de ler, gosto de assistir televisão. Quando acabam as notícias, faço um lanche. Lavo a louça. Escovo os dentes. Sempre que termino, é hora da novela. Tem dias em que Ernesto vem assistir tevê comigo. Mas isso é raro. Quando passa algum filme interessante, fico acordado até mais tarde. Senão, me apronto pra dormir e leio um pouco. Adoro novelas policiais e tenho um pequeno baú cheio delas. São livros baratos, que compro na banca. Tenho que confessar que, eventualmente, releio algum título antigo, pois os anos me poupam algum peso na memória e vão me separando dos finais de cada livro. Mas tento pensar que isso pode ser bom; pelo menos, economizamos algum dinheiro.

Antes de fechar os olhos me agrada pensar que, apesar de tudo, levamos bem nossa vida, eu e Ernesto. Como dois irmãos.

Bem. Boa noite e até amanhã.

Por detrás das pálpebras recém-abertas, o dia. Veja essa pinta aqui, no antebraço, próxima ao cotovelo; ah, veja só, é mesmo. Mais amarga me parece, a memória do corpo. Sempre cedo, porque o meu sono leve não gosta de dormir até tarde. Agora, vamos ao banheiro; lavar o rosto, a boca. Cozinha. Sempre que começo aqui com a louça, acabei de botar na boca a segunda metade do último biscoito. Mas, é como me parece: viver é se adaptar. Por exemplo, o Ernesto; moro com ele há mais de vinte anos – ah, e não é fácil viver com um irmão. De novo ao banheiro, escovar os dentes. Ernesto agora ainda dorme. Não faço muito barulho pra não acordá-lo. Ando por trinta e cinco minutos. E eu penso que é uma boa marca pra alguém da minha idade. Assim, compro o jornal pra ele, todo o dia.

Adaptação. Agora o banho. Ernesto gosta de ler o jornal quando acorda. Vou pra praça. Ernesto não gosta, é uma pena. Depois, é hora do almoço. É um prazer dormir após o almoço. Ernesto organiza cuidadosamente os cadernos e deixa tudo exatamente como de manhã, quando eu trago o jornal. Sempre que termino, é exatamente a hora da novela. Tenho que confessar que, eventualmente, releio algum título antigo, pois os anos me poupam algum peso na memória e vão me separando dos finais de cada livro. Como dois irmãos.

Bem. Boa noite e até amanhã.

pálpebras recém-abertas, o dia. uma pergunta ah, veja só, é mesmo. Mais amarga me parece, Quase-surpresa e nenhuma resposta. tudo isso que me vai pela cabeça se dissipa rapidamente, que pinga, tic-tac-tic-tac, Ódio até. cinco bolachas de maizena. a fome, sempre do mesmo tamanho: a adaptação, porque isso é que faz a espécie forte; Por exemplo, o Ernesto, sabe? é muito diferente de mim Mas nos adaptamos. lavo essa louça agora; dentes. dorme. trinta e cinco minutos. muito importante. ele sempre diz, o jornal a cada manhã é o mínimo de dignidade se convencer das próprias idéias. E não é que, também? Adaptação. Chego E a velha televisão. Lê, imagino. tudo muito salgado, muito temperado, Meu sono mais pesado. tolice minha São livros baratos, fechar os olhos me agrada

Bem. Boa noite e até amanhã.

pálpebras pergunta amarga resposta, o dia. ah, veja só, que pinga, tic-tac-tic-tac, piadas. a fome, a adaptação, o Ernesto, louça dentes. trinta e o mínimo de dignidade muito temperado, há mais de vinte anos. nossa vida

Bem. Boa noite e até amanhã.

Por detrás das pálpebras recém-abertas, o dia.

Quando vou sair pra andar, reparo que, por debaixo da porta, a conta de luz chegou. Dia 15. A de luz é responsabilidade dele. Deixo a conta sobre a mesa.

[a fome, a adaptação, o Ernesto, louça dentes.]

Quando acordo do meu sono após o almoço. A conta de luz continua lá. Ele sabe que essa tarefa é sua. Vou reclamar. Bato no quarto de Ernesto e ninguém responde. Sempre teve o sono mais pesado que o meu. Vou abrir; é só um momento, ele não há de se incomodar.

meudeus.
Tudo que me pergunto é como pude não sentir o cheiro.

Quando os homens vêm buscá-lo, sou informado de que ele já estava morto havia mais de uma semana.

Não me sai da cabeça a cor cinzenta de seu corpo. Não me saem da cabeça o cheiro, os olhos opacos, a boca roxa e repuxada. As moscas. O livro aberto, pra sempre congelado na mesma página. Em que palavra terá ele parado? Não me sai da cabeça sua posição retorcida, sua agonia paralisada, feia e plástica.

Mas esse não é o problema. Isso o tempo, em sua paciente ação de solvente universal, leva de mim. Isso tudo há de ser vencido com a maior arma de que um homem dispõe, a adaptação. Tudo isso, um dia, vai virar menos que minha pinta no braço, menos ainda que minha mocidade.

Só não sei como vou fazer pra esquecer que vivo há vinte anos completamente sozinho. Não sei como vou fazer pra esquecer sua expressão.

De adaptado e completamente só.

Exatamente como a minha,

todo dia,

no espelho.

E-SCRAVOS

Gustavo de Almeida

E ELES NUNCA MAIS BRINCARAM DE ESCRAVOS DE JÓ. Ele, criança, vendo os tios e tias, felizes, rindo, passando garfos, facas, pratos, e cantando "escravos de Jó jogavam cachangá", não, nunca veio a saber o que era o cachangá. Mas sabia que aquilo tudo acontecia, nos Natáis, Páscoas, numa época em que parecia que tudo aconteceria para sempre, quando a textura das toalhas cheirava em seu nariz, e os postigos das janelas brincavam com as solas dos seus pés quando ele, de cabeça para baixo e com a alegria de criança embriagada, se atirava no sofá só para desobedecer.

Alguns tios se separaram. Os avós, morreram. Os pais, idem. Primos foram para o Exército, primas que ele amava se casaram com homens mais bonitos que ele. A brincadeira, literalmente, acabou.

E ele não está exatamente triste. Só se sente surpreendido – deveriam contar para ele desde criança. "Deprimida, criança deprimida, neurótica, é um saco", ele ouvia de amigos, claro, sem se referirem a ele e ao problema. Criança tem que viver como bicho, sem ter noção de futuro, a não ser quando os boletins trazem D ou E. Aí sim, os pais dizem "o que vai ser do seu futuro?".

Jó tinha escravos mesmo? E o que os tornava tão diferentes a ponto de serem tão alegres à mesa? E por que eles simplesmente deixaram de existir, tanto historicamente falando quanto a sua representação dos almoços de família?

Mas um dia andando com uma mulher que ele desejava, andando com ela numa calçada longa, litorânea e descompassada, ele pensou no quanto seria assustador se aquilo acontecesse de novo. E sentiu o medo terrível das coisas mortas que ainda falam.

— Um gosto de terra na boca – disse, alto. A mulher, ao lado, não entendeu. Ele explicou que lera a expressão há muitos anos no livro *O Golem*, de Gustav Meirynk, e de repente viu que queria evitar ter que explicar seu estranhamento, ele com aquele choque no cérebro permanente, um médico chamaria de Síndrome do Pânico, um psicólogo de Crise Existencial, um pastor de Possessão Demoníaca, e uma mulher chamaria de Carência. Não aquela mulher, ali, ao lado, tão longe do que ele era, tão longe da mesa dos escravos de Jó.

Algumas das mãos que antes pegavam os pratos que eram passados adiante não existiam mais. E aquela mulher ao lado nunca soube sequer se existiram. Nem os pratos, nem as mãos. Apenas sombras. Agora entendia porque a Outra era tão estranha, como todos os casais, não vieram da mesma fornada, somente o incesto possibilitava algo do gênero, não um casal normal. Não haviam chorado, até então, até este encontro casual e apaixonado, as mesmas lágrimas.

– Bonita frase, me lembra chuva. Chuva é que tem cheirinho de terra – disse ela, logo depois, mas na verdade depois de alguma eternidade.

– É ozônio. Aquele cheiro que parece terra é ozônio. No ar.

A noite ia chegando, e ele com aquela imagem dos pratos, a música dos escravos na cabeça.

Lembrou de novo dos boletins da escola e dos pais falando em futuro. Tinha medo, nessa hora, só do Imposto de Renda. Achava que não ia saber a quem pagar, quanto pagar, como pagar. Achava que não ia ter dinheiro para pagar o Imposto de Renda, via o pai, gravata azulada, cheiro de centro da cidade, chegar cansado, imaginando um mundo melhor, o pai, não ele, que já vivia um mundo melhor. Ele via o pai falando do Imposto de Renda e aí ele por um pequeno instante perdia a infância imaginando quando fosse a vez dele pagar. Aí ele crescia e não via mais graça em velhos brinquedos.

Só queria ter certeza. Ou dúvida. E esse desejo abafou todos os outros.

Um dia, recebeu um telefonema de uma prima há muito tempo distante. Não sabia nada sobre ela, que propunha um encontro para saber dessas coisas de família, quem se casou, quem morreu, quem nasceu.

Riu ao pensar que são essas as três coisas que se quer saber da família: matrimônio, nascimento e morte.

E ali estavam, ele e a prima distante, que de tão distante ele sabia, não, não tinham chorado as mesmas lágrimas, não eram da mesma fornada, apesar de a mulher se identificar como prima.

A mulher era muito alta, quase o dobro dele. Ele sentiu desejo mesmo assim, na calçada litorânea e descompassada, mas já não tão longa assim.

Percebeu, no entanto, que não era a mulher que era tão alta. Sim, ele é que estava muito pequeno, como se pratos durante uma velha cantiga pudessem ser passados da esquerda para a direita, sendo que do lado esquerdo vinha a mão enrugada e manchada de seu avô e no lado direito estava a mão firme e cheia de calos de um de seus tios.

Mas não havia pratos, só ele, muito pequeno. A mulher, de tamanho normal, muito branca. Ele olhou melhor, e era apenas uma roupa branca.

Os pratos continuavam passando, até que ele notou que os círculos do movimento eram concêntricos. E sua mente estava no meio de tudo, quando aquela que se dizia sua prima, uma mulher de branco, muito maior do que ele, perguntou por seus pais mortos. Ele não se lembrava, por um instante, de que já tinha os pais mortos, é como, ele pensou, a coceira na perna de um amputado. O sujeito acorda no dia seguinte à morte dos pais e pensa por um instante que eles vão estar na sala, na mesa, o café quente e sereno, fumegando em meio a sorrisos com bigode e sorrisos femininos, mas aí de repente o gelo fino se quebra embaixo de seus pés e o gosto na boca é de terra, de laje carcomida de cemitério, de pá de pedreiro roçando seu som metálico na sepultura, gosto de dor.

A mulher, de branco, ele já não sabe se é sua prima, só sabe que ela perguntou por seus pais mortos. Os dele, não os dela. Ele não sabe quem são os pais dela, sequer sabe se seriam seus tios.

Antes de pedir um beijo à mulher de branco, um beijo que seria recusado, ele se lembra de um dia em que deixou um canário belga fugir, ao abrir uma gaiola de forma descuidada. Era bem criança, e teve que enfrentar a fúria das pessoas que queriam continuar a ver o canário ali, piando, confinado. Ele se lembrou de que sentia nervoso ao ver o pássaro em um espaço tão pequeno enquanto a natureza permitia que outros pássaros vivessem de forma diferente.

Ele pensou no corpo como uma gaiola. Tantos podendo usar o corpo para terem prazer ou serem felizes, outros presos a um corpo por toda uma vida, um corpo que ninguém quer.

Coisas que a natureza permite, também. Coisas desiguais. Voltou-se para a mulher de branco, que a esta altura não era apenas de branco, mas também de costas.

Ela percebeu seu desencanto. Por um segundo, se sentiu criança. Pequeno. Por outro, achou que estava apenas louco, no hospício, de branco.

Quando percebeu que todas as hipóteses eram corretas, ficou mais calmo, se deixou levar pelas mãos frias daquela mulher de branco, daquela prima distante, que só queria que ele soubesse de todo o resto da família, daquelas pessoas que lhe passavam os pratos durante a cantiga.

Estavam ali, do outro lado. E que ele, como na música do Hendrix, não se atrasasse. Não se atrasaria. Estava calmo, sereno, como se um manto branco fosse derramado sobre seu corpo e sua consciência.

Em algum lugar longe dali, um prato se quebrava. Faltaram as mãos.

A CASA DO CACHORRO

João Paulo Cuenca

Acontece das palavras saírem voando soltas pela praia, sem grua, câmera ou autor. Desatadas. Jogam-se pela janela e vão por aí, fazem a ronda dos bares, espiam por trás de espelhos falsos, levantam as saias das meninas, escalam as paredes dos sobrados ocos, colocam-se sobre os ombros de quem está no balcão de um boteco, onde o líquido dourado escorre dos copos, desce cremoso, gelado de fazer fumaça no ar.

Apóia os cotovelos na bancada. Lá fora, as crianças e os cachorros. Sente saudade quando era, simplesmente. Pra não lembrar ganha a rua, plastificado do mundo. Os pensamentos encapuzados, exclusivamente solitários. Quem vai esbarrar, desiste – passa através. Sempre a mesma gente de atitudes ensaiadas. Saco cheio desse lugar-comum. Meta-saco-cheio! Ensaiando discursos velhacos para si mesmo, vai mastigando as palavras, um passo sobre o outro. Letargia vespertina. O que uma vez já foi piada, passa a estado de espírito permanente, inconteste e, quem sabe?, irreversível. O senhor cada vez mais reacionário e chato. Trancado em si. Quando sai, toma gosto por uma livraria em especial, um boteco em especial. Bebe no balcão, carrancudo e calado. Fica ali, pensando de calças compridas. Depois, ganha a praça, uma pernada por vez, duro e enfastiado.

Já as palavras sem dono, essas não gastam esforço. Os caminhos se abrem de acordo com sua direção, navegam na proa de um barco em mar de baía, voam moldando a realidade ao seu redor, como se o mundo se adaptasse à sua prosa estranha. Como se elas, as palavras, vestissem o universo. Planando sobre o fio d'água, as palavras escolhem seu rumo, indiferentes a essa ficção cristalizada em realidade, donas de si.

Já eu, não tenho autonomia, não tenho o elã das palavras. Sequer sei escolher meus caminhos. Entre uma coleção de possíveis destinos para o meu olhar, sempre me concentro no incômodo. É uma escolha deliberada, sem acidentes. Afundo meus pés no cimento pegajoso – nunca endurece, está sempre pronto para prender meus sapatos. Quando percebo essa sala, e ela se cria a qualquer momento na minha frente, as paredes estão úmidas, projetando imagens que se misturam num caldo, e eu posso ouvir as vozes, os suspiros, o alarme de relógios que não chegaram a tocar. Nunca encaro as janelas, as possíveis saídas por onde escapam as palavras. Fecho-me nos cantos, nas encruzilhadas do quarto, nos pontos de encontro das três linhas que projetam pirâmides sobre o meu corpo.

Espera que dia desses as palavras criem algum tipo de perdão pros seus pecados. Pensa nisso quando olha os cachorros e as crianças. Nas suas andanças, sempre um cão apoiado numa bancada, logo depois da esquina, de almofada a tiracolo. Um boxer grisalho olhando os carros, os outros cachorros e crianças. Hoje, esquadria de alumínio e placa de aluguel. O cão nunca mais apareceu na janela velha. Alguém herdou a casa do cachorro.

Uma vez aconteceu de falarem "morreu" e o homem não acreditar. Ficou por aí, desenhando e ouvindo música. De vez em quando, um tapa, um afago na cabeça do louco. Um beijo molhado na coxa do louco. Cada vez que a porta bate, o buraco aumenta dentro do homem. A porta batendo mais forte e lá dentro o vento carregando suas tralhas e folhas caídas. Carregando as páginas marcadas por olhinhos puxados, pelo frêmito de excitação nos pelinhos na nuca de ninguém em especial. Seu pescoço estalando árvores, arranha-céus e estrelas.

Espera que dia desses as palavras criem algum tipo de perdão pros seus pecados. E espera que dia desses a moça entenda que burro sou eu! Estúpido quem persegue as palavras, anda encaixotado pelas ruas, tenta correr o caminho das palavras, imitar as palavras, ganhar a intimidade das palavras com o mundo. Querendo tentar esticar o pescoço pra fora, caramujo zonzo, genioso, ingênuo – constrangedoramente palavroso, pode dizer!

Um astronauta atravessa a praça, seu castelo de crianças e cachorros. Só enxerga as crianças e cachorros, quer falar a língua das crianças e cachorros, das rações, brinquedos, árvores e balanços, em branco e preto, em... *uma bela sacada essa da casa do cachorro, me diga, vai!* Mas, enfim, o pobre não consegue!, a verdade é que nunca consegue, e do fracasso vêm-lhe as palavras. Então resolve mastigar as árvores, os prédios e janelas, tentando criar um sentido para a chuva, para uma nuvem que ultrapassa todas as outras, para um homem e uma mulher. Criar sentido para um relâmpago e um trovão. E, quem sabe?, fazer o trovão soar antes.

No limbo entre o mundo real e as palavras, o homem põe os pés sobre a mesa dos formadores de opinião com sua roupinha trendy, camisa amassada de botão, contratinhos e críticas no bolso, morando num hotel com seu som *dolby surround*, *dvds* e livros bacanas sobre a mesa de centro, acordando ao som de "*Everything in its right place*", sua falsa sofisticação, alegremente infeliz, o homem que era tão apaixonado por tudo e por vocês, menina!, está entupido e se sente oco, falso, uma fraude! E os cães lá embaixo, ladrando sob a chuva, sem pecado.

Aurélio: "um conto é uma narrativa pouco extensa, concisa, e que contém unidade dramática, concentrando-se a ação num único ponto de interesse."

Eu nunca vou escrever um conto. Sou incapaz de escrever um conto, meu caro editor! Acabo escrevendo o que vai me deixar constrangido daqui a dez minutos, eu e minha timidez de projeto. Sujeito à leitura peçonhenta de *scholars* cheiradores do rabo alheio. Entre vocês e os cães aqui da praça, uma semelhança. Reconheçam-se pelo olfato e, de resto, invejem a sensibilidade de um olhar canino! Ah, o cão!, esse velho clichê literário! O cão, a cerveja e o escritor, *lui même*!, a santíssima trindade de certa literatura, cânones de desesperança e rancor apaixonado! Menina!, vai classificar um desclassificado como eu! Tanto quis acreditar que era um imbecil que me tornei um deles. Ou terá sido o contrário? Enterrem-me por esse texto cheio de frases.

Querendo tentar esticar o pescoço pra fora, digo assim, uns parágrafos lá atrás, pois o homem sequer chega à tentativa. Tentar pressupõe desejo. E algo há nessa mistura de terra e água que não lhe permite sequer querer olhar para fora. Só lhe resta arrastar-se por essas paredes, engatinhar sobre as lembranças roubadas, e se lambuzar e esfregar em cimento amolecido, até que ele e a parede formem uma massa única, indivisível.

Penso em arrancar-me dali a marretadas e escalar essa caverna aberta no meu peito, mas amalgamado com a parede como estou – é uma impossibilidade. Andando, levo a mão ao meu rosto suado e encontro o tato de uma parede, o frio e a indiferença de uma parede branca. É o concreto que me engana e às vezes endurece. São as palavras que me iludem e logo depois voam longe, soltas de mim. Desatadas.

Miséria

Jorge Cardoso

– Sabe como ele chegou em casa?
– Não.
– Com um livro, dizendo que este livro tinha mudado a vida dele.
– E o que você fez?
– Apaguei o cigarro e fui cozinhar a tal sopa.
– A famosa sopa de queijo?
– Sim, a sopa de queijo.
– Dizem que é bom para quicar o hábito.
– Um santo remédio. Um dia vi um pedaço de cruz dentro dela.
– Que milagre…
– Mas deixa eu falar o que o garoto fez.
– Desculpa. – Olho para o escuro da mesa, o fogão encardido, as janelas quebradas. Nenhuma garrafa. Mas o cinzeiro… com umas cabecinhas de limão.
– Você sabe que eu ainda uso limão, não sabe?
– Você tinha que sair dessa, rapaz. Toma essa grana aqui, compra mais queijo.
– Não precisa.
– Do jeito que você está, precisa de um caldeirão desta sopa.
– …
– …, escarra tudo no seu cu, seu satanzão. [pensava no hominho]
– Ele entrou em casa dizendo que o tal livro…
– Esse parte da mudança de vida eu já sei.
– Ele me disse que tinha nascido exatos 90 anos mais cedo do que deveria.
– Ele de cueca e sapato, era o meu ídolo. [se entrega]

— Vamos falar de vida ou de sacanagem? Olha o respeito, porra. Ele era meu filho!
— Desculpa! Olha o queijo na sopa, porra — porra, porra! [três porras para descontar mentalmente]
— Bom, ele disse que nasceu 90 anos mais cedo.
— Não é mole, não.
— De jeito nenhum. Sabe o que ele fez?
— Eu sei.
— Certo. Mas eu digo, sabe qual a teoria?
— Fala.
— Se matando ele parava o tempo e esperava não sei onde em que lugar os 90 anos jovens encontrarem os 90 anos velhos no tempo atual.
— Espera aí!
— O quê?
— Cara, eu juro que eu vi o tal pedaço da cruz boiando no prato de sopa.
— Não te falei.
— Putz, deve ser uma barata, não é possível. Eu vi a porra da madeira lá!
— É a porra da cruz, rapaz. A gente está nas últimas. Isso é mau presságio.
— Mas você acredita.
— Na cruz?
— Não, nesta tal teoria do tempo parado.
— Eu não, de jeito nenhum.
— E a sua mulher?
— Nem sei por onde anda, nunca deu a mínima. Ela sempre me acusou de ser má influência pra o menino.
— Sacanagem, você sempre foi um pai tão dedicado.
— Então, nem hora pra escovar os dentes ele tinha.
— Então.
— Porra de vida injusta, não é?
— Concordo em número e grau.
— Agora você falou que nem um veadinho, "número e grau", ninguém nem sabe o que que é isso.
— O que interessa é que você ainda tem a casa e a sopa de queijo.
— Diária sopa de queijo.
— Ajuda a aliviar no hábito.
— Todo mundo vai morrer tomando essa porra, sabia?
[preparando um ? ou segurando a colher torta?]

— Todo mundo vai morrer tomando essa sujeira de sopa que nos joga nos braços de Cristo outra vez.
— Mais uma colherada e secamos a panela e...
— Meu Deus!
— Você viu também?
— Putz, eu vi.
— Então.
— Merda de falta de fé.
— ...
— ...
— Você tem alguma coisa para fazer hoje? [desapontado]
— Nada. Ficar achando que vou ter um ataque cardíaco na frente da TV, contando as batidas no pulso, me sentindo mau depois da punheta. É assim que eu passo os meus dias, desempregado e no cigarro.
— Então, pega o Baygon.
— Mas...
— Porra de falta de fé.
— Concordo.
— Bateram?
— O quê?
— Na porta?
— Não, ninguém bate aqui. Devem ser as baratas. As nojentas baratas. "Se nos falta a fé nos resta a morte e a manhã sangrenta", isso estava no livro que ele lia.
— 1, 2, 3... Schiiiiiii. Baygon, mais, mais!
As baratas não paravam de sair de dentro da panela fugindo da nuvem violenta. Três batidas na porta não foram escutadas. Por cima da estante, o último livro. O retrato do menino. Uma bandeira e um abajur.
No vilarejo, uns dizem ter visto um homem de barba naquela noite. Lanterna na mão, e descalço. Batia de porta em porta.
Não abriram, diziam que ele tinha olhos de gato.
Vítima do nosso coração escuro que espanta Jesus.

Pinnochio carcomido por cupins

Jorge Rocha

> *All the stars may shine bright,*
> *All the clouds may be white,*
> *But when you smile,*
> *Oh how I feel so good,*
> *That I can hardly wait*
> All mine – Portishead

Notei que, no topo da minha cabeça, começaram a surgir pequenas cracas estufadas. Com ares de nuvens de tempestades. Feridas-crateras que me conferiam um certo ar de disfarce de pinho sol. Segundo posso perceber, ainda estou atrelado à terraplana blues. Um rio carregado de saudade nas minhas veias: é disso que se trata a sobrevida dessa madeira curtida em que me transformei? Em todo caso, sustento a plaquinha de sinalização: siga o fluxo. Foram exatamente essas palavras que ouvi de duas pessoas que respeito, antes das cracas se manifestarem. Siga o fluxo, pequeno gafanhoto. O flúúúúúquissuuuu, meu bom rapaz. Embiquei adentro. Não me fiz de rogado: com três garrafas de vinho, espólio de noite de lançamento de livro a qual não compareci. Segui embicando. Mas mantive cara de roqueiro e discurso de santo. Pau oco? Porra. Para me tratar, resolvi encarar autoflagelação encarnada em medicamentos receitados por conta própria. Mascando mais o caldo do que a carne. Picando miligramas de fel plus cartilagem, fazendo vezes de letras. Pela salvação nas escrivaninhas – da mesma matéria-prima que eu, ou seja: toc-toc, tem alguém aí? Quando parar de me importar, poderei começar a ganhar dinheiro. Talvez fazendo paródias de canções famosas. Quem canta comigo canta no refrão: pooooopcooooooorn to be wiiiiiiiiild!!!

Antes do instrumental break: tive, várias vezes, o pressentimento de que poderia surgir, dobrando esquina qualquer, coro de filhos únicos jingle-jangleando o mote gosminha xexelenta, gosminha xexelenta – isso é amor? Distante dos palcos, dos saraus e dos eventos literários, regurgito carunchos e garranchos, enquanto minhas juntas seguem rangendo. Além das craquetas na cabeça, percebi também que, no meu ombro direito, um broto verde se enrosca e aninha. Sintoma de lirismo? Mas nem. Tenho pensado em tatuar em mim mesmo, com pirógrafo, a frase Só Jesus expulsa a poesia das pessoas. A associação imediata que eu faço é relativa a fluxo de cacto espetado no meio do peito – diempax, valium 10 e triptanol 25: muchas gracias e saravá, que é para me garantir. Em cumplicidade, já disse certa vez, mas repito agora – como parte de uma tática de autoconvencimento:

– A arte da patifaria espicaça esta carcaça.

No que descambamos para o seguinte ponto: a tal história da gosminha xexelenta é verdadeira. E a verdade está lá fora: no meu quintal. Galvanizada. Erva daninha?

– Me traz um ancinho, faz favor.

Sinceramente, ainda prefiro o pirógrafo. Talvez acabe por ressoar fetiche declarado. Até onde eu posso acabar me queimando? A cauterização espontânea das cracateras deve ser capaz de enxotar todo e qualquer sintoma de ócio cri-cri-ativo. Foi bom pra você?, perguntarão os cupins da minha consciência; afinal, o descaso ao me referir a isso – ok, isso é amor – como xexelência está devidamente grafado – o que cometi antes de me encaminhar ao universo paralelo. Por isso é que as cracas no cocoruto não me dão trégua ou folga. Talvez algo assim possa me impelir, sei lá, a aparecer em um programa de entrevistas desses aí. Algo como "Deu pau no Evaristo show". Alguém da platéia talvez se levante e arme o bote. Pigarreando. Arram. E travaremos o seguinte diálogo:

– Este é um bom dia para os defuntos?

– Somente se pudermos, da mesma forma, afirmar que iremos celebrar reminiscências.

Do alto da minha fidalguia e pose de bandoleiro mexicano – ah, sim, e conseqüente fachada lustrosa e envernizada; não esqueçamos: sou um prepotente! –, coçarei a cabeça e a barba. Carunchos se manifestarão em uníssono, sussurrando pega leve, criatura! – opa, desculpa aí; acabou de cair um cupim no seu vestido; mas não se importe, não é de estimação. Depois, para sinalizar uma possível rendição, pedirei uma garrafa de vinho Santa Helena e Ella Fitzgerald – eu já disse aqui que lido com fetiches? – ribombando na caixa do meu cérebro. De maneira acústica, diga-se de passagem. Com auxílio do ranger de dentes dos cupins. Por certo, entrarão os comerciais nessa hora. Mesmo fora do ar: sou pau pra toda obra, nêga.

Opa, opa. Não sou eu ali, no meio da fogueira?

O pior dos infernos talvez seja aguardar a repercussão. E por falar em inferno: os apóstolos peirceanos que se cuidem. À medida que o broto verde no meu ombro direito tenta lamber a minha orelha, começo a entender que a função de personagens de fábulas rasas se dá nesse sentido: conhecimento de manias, defeitos, cotidiano. Em suma: a idéia central é me destrinchar e gritar madeeeeiraaaa! Ah, que venham as probabilidades desta carcaça sem verniz para o momento causar algum baticum. Sou capaz de detalhar pequenos acontecimentos no meio do corre-corre cotidiano – um tombo doce num colchão de água, refestelar de línguas, servir de travesseiro, sabores outros e blá-blá-blá. Como já foi devidamente grafado, diga-se de passagem. Farpas de impressões em moto-perpétuo entocadas em âmbar.

Eu disse "farpas"? Melhor trocar por "furdunço da carunchada" – ah, apuro de penitências confessadas... Porque, assim, embalado pelo batuque que estes cupins fazem no corpo oco, na sobrevida da madeira que hoje sintetiza a concepção da xexelência generalizada – aquela na qual acabamos incondicionalmente grudados, argh, urgh e bleargh –, estarei então eternamente preso dentro de um sino de ouro. Bléim-blóm-bléim-blóm-bléim-blóm. Na cartilagem de celulose e calcificação, bem que poderão encontrar – enviesadas – as devidas instruções de uso: rezar Ave Maria para este meu estado de avaria.

Gaberah

Leandro Salgueirinho

Boa tarde, o meu nome é Nuno e eu sou um jornalista que se dedicou por muitos anos à política internacional. Eu sou brasileiro, fui criado no Brasil, mas, desde que vim a Portugal cobrir a revolução como correspondente do *Jornal do Brasil*, prometi para mim mesmo que jamais deixaria Lisboa. Ou melhor, eu sei que essa história está um pouco mal contada, mas talvez não totalmente desarticulada. Vivo atualmente com apenas um computador e – já não posso lembrar o motivo – não tenho televisão. A pesquisa que eu ainda realizo agora se resume à internet e ao telefone. Envio entrevistas, reportagens e também crônicas a dois jornais brasileiros e para uma revista portuguesa. No mais, tenho saído muito pouco de casa, estou solteiro e...

Minha vida anda meio chata mesmo.

Por isso estou aqui para falar de um jovem brasileiro de nome Rodrigo, o qual me foi indicado por um amigo em comum. Como Rodrigo é um escritor, mais de uma vez eu lhe pedi para que me enviasse qualquer coisa. Ele sempre ria do próprio embaraço:

– Nuno. Prometo que, assim que eu tiver algo, eu lhe mando, tá bom?
– !?
– Pois é, parece que eu acabo dizendo isso para todo mundo, mas é que ...

Eu é que não voltei a tocar no assunto.

Rodrigo mora no Brasil, mais exatamente em Niterói, cidade vizinha ao Rio de Janeiro, e faz jus a meu interesse, porque, se os mais próximos sabem que ele é cego, quem não o conhece não percebe isso. Eu tenho aqui comigo uma foto que Rodrigo escaneou e enviou para mim, e se eu olho bem dentro dos seus olhos, uns olhos escuros, meio próximos um do outro, e meio caídos também...

– Quase o Proust!, ele sorriu, ao telefone.

– Bom, Rodrigo, acho o Proust um chato!

Mas o que acontece é que, se o Rodrigo se esforça para ver, ele até vê alguma coisa.

Quando Rodrigo era criança ele assistia bastante televisão. E só por força do hábito era capaz de enxergar muito ou quase tudo do que a tevê transmitia. Rodrigo gostava de assistir aos desenhos animados, os mesmos que depois alimentavam assunto entre os seus amigos do prédio ou do colégio: *Os impossíveis, Os herculóides,* até dos *Ursinhos Gummy* ele gostava. Seus pais faziam o possível para que o garoto não se sentisse limitado e, desse modo, omitiam de Rodrigo informações sobre si próprio. Agiam naturalmente, e o que também tinha muito a ver com a época, porque, hoje, os especialistas, acredito, criticam os pais que adotam esse tipo de postura.

Como a educação que transmitiam a Rodrigo já era o suficiente para disfarçar seu problema dos outros, a verdade é que por muito pouco ele não se sentia um privilegiado.

Rodrigo vinha do colégio com histórias – que ele ficava debaixo de sua carteira espiando as calcinhas das meninas. Ou então contava coisas de sua casa, que seu gato pulava ao lado da tevê para agarrar os carros de Fórmula 1 que cruzavam a tela. Rodrigo sabia inclusive que, se acaso ele não fosse, entre os amigos, o mais admirado, certamente chegaria lá se mantivesse a figura.

Para estimular a sua pose Rodrigo tinha o hábito de andar com pessoas de visão mais regular que a dele (qualquer uma o seria), hábito do qual não se livrou mais. E o que eu pude concluir é que Rodrigo sempre admitiu todo o tipo de bengalas ou escoteiros ao seu lado.

Rodrigo mostrava dificuldade para falar sobre a separação de seus pais. Causava-me às vezes a impressão de que nunca havia pensado no assunto. Se ele resolvesse dar atenção a essas lembranças escondidas em algum lugar do seu cérebro, eu intuía. No entanto, Rodrigo mostrava desinteresse em relação às causas de sua situação. A bem da verdade, ele tirava proveito dela:

– Só agora, Nuno, que já sou trintão, é que eu percebi que a separação dos meus pais constitui um motivo razoável para eu me drogar.

– Pois então, eu lhe respondi. – Já que você gosta assim do Proust, experimente uma madeleine.

– Você diz uma mulher chamada Madeleine?

– Sei lá, algo que provoque as suas lembranças, rapaz!

– E por que eu devo provocar as minhas lembranças, Nuno?

– ...
– Você às vezes parece insinuar umas coisas...
– ...
– Nuno, eu não tenho nada para esconder não. Eu respeito a sua curiosidade, mas, eu não sei, eu não quero falar sobre isso, pode ser?

Rodrigo tinha 10 anos quando ele viu um filme ao lado do Rodolfo, o seu irmão mais velho. Os dois estavam sentados no sofá da sala e no quarto a mãe deles já dormia. Eu ia arrancando de Rodrigo essas informações e logo não tive mais dúvidas de que ele não me fornecia mais detalhes por pura preguiça. Ele se lembrava perfeitamente dos objetos daquela casa, disse que o apartamento era um quarto-e-sala, que os dois irmãos dormiam também no quarto da mãe e me descreveu um sofá caramelo, um lustre em formato de gomos, até móveis espelhados.

O Rodolfo nunca soube que Rodrigo só via umas certas coisas. Tratava Rodrigo sem paternalismo, ao contrário de seus pais. Estes, após o diagnóstico do primeiro médico que procuraram na ocasião, passaram a encher Rodrigo de mimos. Mas Rodolfo jamais concordou que seu irmão merecesse mais cuidados.

Sobre o tal filme que os irmãos assistiam de madrugada, Rodrigo lembra que havia uma tartaruga gigante que voava pelo espaço. Lembra principalmente do seu nome, Gaberah, talvez o nome do filme também. Rodrigo lembra da Gaberah, que era uma tartaruga heroína fêmea, transportando, sobre seu casco, dois meninos japoneses pelo espaço. Pelo que entendi, um deles era capturado por uns inimigos, e esses inimigos raspavam a cabeça do garoto e então...

... e então muito rapidamente Rodrigo já retornava à imagem hirta da Gaberah flutuando pelo espaço. Que, nessa hora, certamente – pois para instigá-lo tanto assim! – havia alguma trilha sonora dessas cativantes.

Rodrigo comentava isso com amigos e eles somente sorriam meio complacentes, afinal era uma história tão vaga que mais parecia um cacoete do Rodrigo. Às vezes (depois de um ano, talvez), Rodrigo irá comentar sobre um filme que ninguém viu. Quando, pela primeira vez, perguntou a Rodolfo se ele se lembrava do filme, Rodolfo ainda lhe confirmou a realidade de sua memória:

– Você nunca mais esqueceu essa tartaruga, hein?

No quarto ano consecutivo, contudo, Rodolfo não se lembrava mais do filme, ou então decidiu não mais condescender com o irmão, que reclamava:

– Mas, Rodolfo... no ano passado você disse que tinha visto.
– Sinto muito, cara, mas Gaberah não existe.
– Mas... eu sou Gaberah. – Rodrigo lhe gritou, visivelmente magoado.

Sei que, hoje, basta-lhe a lembrança de uma mísera cena de qualquer filme. Às vezes uma frase lhe satisfaz. Rodrigo perguntou de um filme do Chaplin em que uma mulher dizia ter olhado, mas não visto, ou visto, mas não olhado. Luzes da ribalta. Perguntou-me então quem escreveu que "ninguém sabe escrever". Eça de Queirós. E quem era que só escrevia para analfabetos. Não sei. E o de quem escreve certo por linhas tortas. Deus.

Ao contrário do que se diz dos cegos, a deficiência de Rodrigo, ao invés de estimular, debilitava as suas demais faculdades. Ele tentava falar sobre um curta-metragem, no qual um maníaco ameaçava uma mulher afro-americana com frases politicamente incorretas, mas não podia relacionar tal fato a uma outra cena, em que a mesma mulher procurava, num cesto, entre trinta e oito pênis, o pertencente a seu marido.

Uma vez eu pedi a Rodrigo notícias do Brasil. Mal intencionado, eu queria descobrir qual o interesse de Rodrigo por questões políticas, pois, de certa forma, ele se comportava como um, se isto é possível, cidadão exilado. Rodrigo disse que ficou muito esperançoso com a ascensão de Luís Inácio Lula da Silva ao poder. Que só agora entendeu que um homem se constrói com frases do tipo: "A fome é a pior arma de destruição de massa".

À minha pergunta, admitiu que precisava se informar melhor sobre o Movimento dos Trabalhadores Rurais Sem Terra, mas, não me permitindo discorrer sobre o assunto, perguntou se eu já havia lido algo sobre o crime organizado no Brasil. Foi então que Rodrigo revelou estar reescrevendo os originais de um jornalista, trabalho a pedido de uma editora e o qual lhe renderia um dinheiro. Que, em linhas gerais, esse trabalho consistia em atenuar, para a classe média, as marcas da personalidade do autor do livro. Que esse era um trabalho para o qual ele se sentia plenamente competente. Que (para não perder o hábito) certas coisas desse livro – uma reportagem policial sobre o Comando Vermelho – ele não poderia me contar. Que ainda bem que essas coisas logo viriam a público. Que o próprio autor só ficara sabendo delas por causa de uns contatos muito fodas, assim ele dizia.

Sujeito biruta.

Rodrigo é contra a guerra. Rodrigo é contra o Regime Disciplinar Diferenciado.

Rodrigo juntou a primeira parcela do seu pagamento por este trabalho com a mesada do pai.

Quem me recomendou a Rodrigo foi um amigo em comum, também escritor. Sei que, falando assim, parece que só existem escritores no mundo. Mas, de fato, Rodrigo dizia que só se esforçava ainda para enxergar, fosse o que fosse, por indicação. Que a única coisa que ele escolhe ainda é qual amigo lhe indicará as coisas que ele então deverá ver. Rodrigo diz ter um amigo para o final de frase "...uma luta contra a entropia", uma amiga para a Chapada Diamantina, outro amigo para a vida dos santos, outro para romances de arrivismo, qualquer um para novas amiguinhas, outro para desenvolvimento auto-sustentável, três amigos para o Sargent Pepper's e, até agora, ninguém ainda para Dublin e Niterói.

Assim também eu passei a me sentir como que um orientador para Rodrigo. Ele se interessa pelos meus trabalhos como jornalista e está sempre querendo saber coisas muito pontuais. Andou me perguntando sobre o Timor Leste – até se o Timor era uma ilha, ou se falavam o português lá – e eu lhe resumi certos eventos relacionados à sua independência política. Para ele o Timor não passava de uma palavra nova. Dizia isto para mim, que já escrevo o meu terceiro livro sobre o Timor.

Rodrigo disse certa vez:

– Andei trocando uns fluidos na internet com uma tailandesa, se é que você me entende. Ela não gosta que o pai fume ópio com os amigos.

Agora Rodrigo só assina os seus e-mails como Tumor, no que eu sinceramente não vejo graça. Disse ter reatado relações com um amigo português, morador do seu bairro (Rodrigo o caracterizou como um ex-poeta que largou um curso de ciências sociais para assumir a quitanda do pai e casar com uma prima patrícia que a cada ano engorda a olhos vistos). Que, certa vez, com apenas quatro anos, disse para si mesmo que jamais esqueceria a imagem de uma Kombi cor de abóbora estacionada em frente ao prédio de um amigo. Que tentou fazer isso outras vezes e não conseguiu. Que a última coisa que lhe aconteceu foi, por coincidência, no momento do atentado ao World Trade Center. Que a formatação das páginas determina suas frases, que as palavras devem permanecer bem juntas e que por isso não justifica os parágrafos dos seus textos. Que já perdeu a conta de quantas vezes fora ao dicionário procurar pelo significado de "doxa". Que o que lhe excitava na história virtual com a tailandesa era a necessidade de buscar mais e mais vocabulário a cada transa. Eles conversavam em inglês e Rodrigo reclamava que seu inglês não era o mesmo da época em que fazia cursinho. Que certo dia não pôde assinar um cheque e que também estava perdendo o movimento das pernas, mas estava otimista com o fato de que, pela primeira vez, começaria a usar óculos.

São informações que, evidentemente, fui coletando ao longo de vários telefonemas e e-mails. (Rodrigo diz que salva os seus e-mails, mas que tem vários rascunhos seus na internet que ele não sabe mais como alcançar.) Rodrigo tornou-se alguém com quem eu compartilho gostos diversos, ainda que nunca queira falar dos sintomas, assim como adia sempre o envio das coisas que supostamente escreve. Ainda se irrita comigo quando eu insisto em diagnosticá-lo. Por mais que não o admita, Rodrigo é uma pessoa capaz de levar uma vida tão insatisfatória como a minha.

PS: Rodrigo contou de um livro para crianças, em que vários "retalhos" moravam numa mesma casa e todos eram brancos. Até que cada um decide seguir o seu rumo. O que se arranhou no arame farpado ganhou listras de sangue pelo corpo. Outro caiu num barril de petróleo e um outro se lambuzou todo num pomar. Mas, apenas quando os retalhos retornaram para casa, anos depois, descobriram que um deles jamais havia saído de lá, justamente o único que continuava branco. E aí os outros aprenderam pela primeira vez o significado do branco. Mas, segundo Rodrigo, os outros não deveriam considerar o retalho branco, pois o seu branco não continha as demais cores. Que a moral dessa história era perversa. Que ele tinha medo de se tornar, para os outros, o retalho branco. Então Rodrigo começou a me pedir dinheiro para sair do Brasil. Eu menti e disse que não tinha. Rodrigo insistiu e então nós brigamos. Durante um tempo eu perdi o contato com ele.

Histórias acerca de botões

Mara Coradello

Ao ler isto adicione a informação da chuva.
E não o chame de confessional, o chame de autópsia.
Uma história universal do amor ao pai, ao verbo e à memória.
Recorte as palavras de que mais gosta e coma.
Recomendo que chores.
Não pelo texto. Pela janela ao largo das folhas.

Episódio I

Uma menina mora num quarto com muitos botões. Eles estão num enorme pote de maionese comprada no makro. Numa promoção.

A avó guarda rancores, a lembrança dos passos do vovô Dorico às 5 da manhã e botões. São sobras das roupas dos oito filhos.

Botões solitários que a menina acha iguais a pessoas sem centro no mundo. Os botões parecem querer olhar através de seus furos para linhas.

Em seus furos para eixos de uma ocupação.

Um enorme botão dourado de farda que a menina amedontra-se com o brilho, estamos em 78 e há uma série de botões iguais e pequenos que recebem ordens desse botão de farda.

Um botão que tem arabescos que escondem uma pedra azul: o príncipe.

Uma pérola com tons de um rosa que nunca houve, esta é a princesa.

A menina cria histórias com estes botões. Passa horas no quarto.

Assim que chega à casa da avó corre para o quarto e demora-se mais e mais ali.

Parece morar com as histórias.

Dizem que a menina se esconde do que há lá fora, nas ruas de pedras irregulares no bairro do subúrbio.

Mas a menina sabe que para ela esse sempre será o mundo preferido. Um mundo inteiro nas córneas das palavras.

Episódio II

O tio olha com um olho só.

No outro há um buraco, um olho para dentro é o que a menina imagina.

Ele levou um tiro quando estava chegando de uma festa. O tio é o mais risonho do mundo, ainda agora. Diziam que ele era comunista sem saber nem quem era Marx. Ele apenas queria menos minério nos pulmões.

Um tio agora barbudo desde o acidente. Dizem que mudou muito, tio Paulinho. Que era mais magro, agora toma quase de vez uma coca-cola de dois litros e arrota. Somos uma família que peida, que arrota, que tem menos compostura com os ruídos humanos que assinalam a expulsão de sujeiras, gases e pruridos. Graças a Deus que peidamos e arrotamos.

Meu tio me pede para que eu abaixe. O projétil afetou seu cérebro? É o que todos se perguntam. Pede que eu abaixe e mergulhe no escuro debaixo da cama de madeira e pegue.

Há um vão entre a cama pesada, com um colchão de feno. Neste vão eu e meus seis, sete anos, cabemos.

Tenho um terror que por pouco não me faz correr. Que bom que o terror nos paralisa, assim vira uma quase-coragem. De ficar imóvel e mijado. Às ordens. Mas não posso deixar meu tio saber dele. Tio Paulinho não pode saber do terror. Apesar de agora usar uma barba e de ter engordado por causa do tiro. Um tiro à noite num assalto mal explicado. Pessoas da fábrica? Eles?

Nunca saberemos ou sempre fingiremos.

Agora estou no escuro debaixo da cama, seguindo as ordens do meu tio. Vejo o gelatinoso objeto do olho a me mirar. Esse olho sempre me olha de frente quando eu tenho que pegá-lo.

Hoje, 23 anos depois, eu ainda sinto o gelado do olho de vidro do meu tio Paulinho que levou um tiro chegando de uma festa. Mas ele casou com Luciette, que faz permanente, e sabemos que o tiro não afetou seu cérebro. Quem será que pega seu olho agora?

Episódio III

Minha avó falava que os caroços são na verdade o início de peitos e que ficarão bem menores que os dela. Os peitos. Ela me diz que não devo deixar nenhum menino pegar neles.

Mas nenhum menino sequer olha para eles.

Eles olham para esferas bem maiores com seus kichutes com seus campinhos e com seus futebóis de botão.

Ao ouvir minha vó falar isso, ouvi pela primeira vez o ruído de uma mão com unhas sujas e cortadas quadradas pegando em meus peitos. Quis fugir da escola por dias.

Episódio IV

Antes de aprender a ler, havia um carro. Acho que uma brasília, um corcel, ou um fusca.

Meu pai ao volante. Pedia a ele para ler as placas todas, e ele lia. As que ele conseguia a tempo.

Logo depois eu descobri que algumas placas significavam coisas diversas e menores que aquelas.

Meu pai criou uma espécie de dialeto através das placas, nomes de oficinas e vende-se sacolé e borracharias e hospitais e bares.

Depois eu desenhava no chão do quintal o que ele me ensinou tratar-se de vogais. E depois chegamos às consoantes.

No primeiro dia da alfabetização eu construí frases inteiras e mostrei ao meu pai.

Ele não ficou surpreso.

Aquela vertigem de ler correndo no fusca me fez, misturada ao cheiro do gás carbônico, ver as letras que pareciam correr apesar da imobilidade do carro. Afinal quem corriam eram as palavras. Me fizeram essa vertigem que sinto agora. Eu sempre estou parada, parada, e as palavras passam correndo.

Depois, muito tempo depois, o coração do meu pai se entornou.

Eu trabalhava numa loja de bolsas e nem tinha dinheiro para a passagem de ida do meu pai. Só pude falar com ele alguns dias depois do infarto.

Eu no Rio, em meio a novas palavras, e ele com sua nova voz ao telefone.

Agora ele teria que ler devagar, falar com pesar e olhar mais.

Agora gostaria de ensinar a ele as placas, em meio ao susto de querer pensar que não era ele ao telefone e chorar ainda hoje ao lembrar-me da voz da qual desejei me esconder. Quando ressoava completa.

Sua nova voz franzina é parte do novelo do tempo. Do fusca que passa correndo enquanto se inventam as placas.

Episódio V

Estou no Rio de Janeiro e me mudei cinco vezes em três anos.

Minhas coisas diminuem a cada mudança. Vendo o colchão, vendo meu fogão.

Vendo minhas palavras a barganhas que chegam em cheques novos e cheirosos de rosa. Tudo cabe em caixas de pão que soltam farelos que alimentam formigas felizes por estar entre livros e trigo.

Elas sabem que isso basta.

Eu não. Não tenho conta no banco, não tenho cerca de dentes, cartão de plano de saúde e helicópteros alvejados por meninos comandos em ação que vendem drogas que serão usadas por pessoas que colocam trancas em suas casas para cheirar. Mal.

Mas um dia desses no metrô vi um guarda trazendo um casal pela mão.

Vi que os dois importavam apenas para os dois.

Me senti egoistamente feliz podendo olhar durante todo o trajeto sem vistas, Glória, Catete, Largo do Machado, Flamengo, Botafogo, Arcoverde, Siqueira Campos, olhar para eles sem ser vista.

Sem que eles jamais soubessem o quanto eram belos.

Vi as mãos deles entre as suas e um dialeto novo entre seus narizes e ela parecia com os olhos parados para o alto e brancos numa espécie de platô a que é possível chegar quando se ama.

Eles eram cegos.

Episódio VI

Coloco minha certidão original de nascimento dentro de livros que quero viver.

Minha certidão está cheia de durexes amarelos.

Entrei num livro de gastronomia e engordei.

Entrei no caminho de Swan e fiquei doente numa cama.

Agora decidi jogar a certidão no livro escrito por Deus: ela fica esticada numa tela de arame, ouvindo a voz da minha mãe e entra ar por ela e a rua a deixa carcomida.

Por esses buracos vaza o sol.

O HOMEM DENTRO DA CAIXA DE SAPATOS

Mariel Reis

Minha mulher me tem guardado dentro de uma caixa de sapatos, em cima do guarda-roupa. Diz que lá em cima estou livre de mãos alheias e olhares curiosos; o que num certo sentido é absolutamente razoável, levando-se em conta minha última aparição em público: desastrosa. Ela, minha mulher, havia me esquecido entre as almofadas, encostado à cabeceira da cama. Eu, relaxado, mantinha-me imóvel. O cansaço depois de uma noite inteira de amor esgotou completamente as minhas forças.

Quando soou a campainha.

Minha mulher saiu do banho apressada, os cabelos molhados grudados às costas. Enrolada numa toalha encaminhou-se para a porta. Esquecida talvez de que eu estivesse por ali, no quarto, tão à vontade. Ela sorriu à pessoa e a convidou para se instalar na nossa sala. De repente a visita insinuou-se curiosa a respeito de sua companhia naquela noite. E insistiu em ser apresentada a mim, para que todos ficássemos íntimos e a visita menos constrangida por se sentir tão inoportuna.

Minha mulher esquivou-se como pôde. Comentou outros assuntos, relembrou situações passadas em que ambas estavam envolvidas. Enfim, tentou de tudo para distrair a atenção da visita sobre a minha presença naquela casa. Quando tudo parecia estar calmo e o risco da visita intrometer-se uma vez mais, perguntando-lhe sobre o homem do quarto, minha mulher pediu licença para trocar de roupa. Dirigiu-se para o cômodo ao lado do meu. Atrás de si fechou a porta, enquanto tentava manter um diálogo em voz alta com a visita. Esgueirando-se até a porta do quarto, deu duas pancadas nela, o som reverberou leve e aí eu vi uma cabeça de mulher mostrar-se na penumbra do recinto. A cabeça de cabeleira ruiva tinha uma beleza regular; os olhos claros cravados em mim e um riso seguido por tensão nervosa que a levava a gargalhadas frenéticas e depois a um choro compulsivo e soluçante.

Foi nesse momento que minha mulher apareceu à porta. Começando uma discussão com a visita. As duas não se demoraram muito, despediram-se rápido. Minha mulher voltou ao quarto, sentou-se na cama e ao meu lado cobriu o rosto com ambas as mãos. O ar parecia me faltar e me senti esvaziado naquele momento.

Dobrado como uma camisa recém-saída de uma loja, percebo o quanto é estreita e escura a caixa de sapatos onde estou guardado. Há algum tempo – refiro-me ao tempo transcorrido do incidente para cá – eu e minha mulher não nos vemos. Estou convencido de que aquela mulher de cabeleira ruiva gostaria que estivéssemos separados, julgando absurdo uma pessoa como ela relacionar-se com alguém como eu. A visita deve ter me achado sem modos e condenado minha atitude de manter-me quieto e calado, deixando à minha mulher a decisão de expor-me ou não. Se ela decidiu esconder-me, não sou eu o culpado, tampouco sou culpado por não assemelhar-me à maioria dos homens que ela, a visita, conheceu. Portanto, estou inocente de tudo.

Sinto alguém levantar a caixa.

Pousam-na sobre uma superfície fofa, que acredito ser a do colchão da cama. Depois, com cuidado extremo, abre-se uma fresta e a claridade surge devagar e com ela uns olhos cheios de ternura e saudade. As mãos tocam em todo meu corpo, a boca cola-se em mim. Abraço-me a ela, minha mulher.

Na banheira, ela manipula meu sexo, cruza minhas pernas e senta-se sobre ele. E não há descanso dos vai-e-vens do seu corpo sobre o meu até que ela começa a ter-me longe do seu tato e desapareço de suas mãos até estar completamente fora do seu alcance...

Dentro da caixa de sapatos mais uma vez. Ultimamente minha mulher anda estranha e por vezes esquece ou minha mão ou minha perna prensada entre a caixa e a tampa.

Outro dia um amigo dela usou um termo esquisito para designar-me: "Um homem preso a um cubo". Minha mulher atenta à forma do recipiente em que estou encerrado, corrigiu-lhe: "Dentro de um paralelepípedo, paralelepípedo"...

Perdi a conta do tempo. Apesar de ter conseguido um lugar mais espaçoso, o interior do guarda-roupa, não suporto a idéia de dividir-me com tantas peças diferentes. E ficar pendurado, murcho no cabide, não é lá algo tão agradável.

A caixa de sapatos será jogada fora amanhã. Minha mulher colocou-a num saco plástico azul.

Ouço uma discussão:

– Descartável, isso é que ele é.

– Você não entende nada, é um bruto.

– Eu entendo que uma mulher precisa de um homem de verdade.

– Ele é de verdade. Mais até do que você.

A porta bate.

Outra discussão.

– Um alfinete daria cabo dele, um alfinete!

Minha mulher evita o quarto. Não entra nele desde a última discussão ouvida por mim.

A porta do quarto abre-se bruscamente. Minha mulher e um homem desconhecido jogam-se nus na cama.

De volta a uma caixa. Esta parece mais adequada ao formato do meu corpo. Vejo o homem desconhecido aproximar-se. Abre uma das gavetas do armário e de lá sai um daqueles sacos azuis. Jogado dentro dele percebo a porta da casa abrindo-se. E uma luz me cega. Talvez seja a verdade.

Repouso com um monte de coisas.

A cabeça de uma boneca jura-me que um dia estaremos junto do Senhor.

VIAGENS

Paloma Vidal

I

O HOMEM QUE EU VISITAVA SEMANALMENTE ERA BARBUDO, CALVO E TINHA UM LEVE SOTAQUE ESTRANGEIRO. Havia perto de sua casa um parque grande demais para aquele bairro, e talvez por isso abandonado, crianças jogando futebol num campinho debaixo do viaduto e as demais ruas vazias. Eu pegava um ônibus azul e branco para chegar até lá.

Era minha viagem ao passado: um longo corredor e as histórias por trás das paredes úmidas e já descascadas; a decadência dessa família e de muitas outras; a depressão pela partida, o choro das crianças e a avareza dos velhos. Nada disso tinha realmente a ver comigo, mas sobrevivia em mim um resto desse pântano.

Ele acabou morrendo naquela mesma cama em que o vi pela última vez. Sobre ela, um quadro oval com a imagem de Jesus Cristo, seu coração de fogo, a mão direita erguida num gesto solene de bênção. Sentada a seus pés, sentia os minutos passarem, o som do rádio baixinho entre nós dois e para além dele o silêncio, nada a dizer depois de tudo.

Estoy cansado, mijita – Cuéntame de tus viajes. Então sempre que eu viajava mandava cartões-postais para o meu avô moribundo, o homem que viera de longe para uma terra de promessas e voltara apenas uma vez para dizer adeus ao que mal conhecia. De volta a seu país natal, num ritual silencioso de despedida, jogara ao oceano as cinzas dela: Mercedes, mulher de cabelos negros e nariz curvo, Mercedes, Mercedita, amor mío.

Meu avô nasceu em 1904 num vilarejo da Catalunha chamado Pobla de Segur. Um século depois aqui estou eu, tentando refazer sua partida do porto de Barcelona, aos 10 anos, alguns meses antes do início da Primeira

Guerra Mundial, e seu retorno mais de sessenta anos depois para uma cidade que lhe pareceu deslumbrante, mas que não lhe pertencia.

Tentando refazer sua viagem com a mãe, o pai e um irmão ainda bebê, Manuel, sobrevivente por muito pouco de uma viagem cuja precariedade nunca chegará a se revelar inteiramente para mim. Dessa precariedade, e levando como um amuleto a carta do primo que partira dois anos antes dele, o garrancho com promessas de uma outra vida, alimentava-se o sonho do meu bisavô.

Conta-se que Manuel, com seis meses apenas, ficou vivo graças à mãe: que, determinada a vê-lo crescer do outro lado do Atlântico, ela o abraçou contra seu peito e fazendo dele uma extensão do seu próprio corpo, do seu próprio alento, não se separou do menino até que o barco por fim ancorou na cidade de Buenos Aires nos primeiros dias do mês de junho.

Ele tinha 16 anos e morava com a família no bairro de Parque Patrícios, quando numa manhã de abril, logo depois de acordar, viu projetada na parede uma série de imagens de sombras e de luz, espécie de decalque incolor, um claro-escuro formando um desenho pouco definido no fundo branco. Talvez uma cabeça com ombros, uma figura vaga que lhe pareceu familiar e lhe sugeriu a pergunta: irmão morto?

As imagens nunca mais apareceram, mas em seguida vieram os terrores noturnos, o mesmo enredo repetido escuridão após escuridão: que lugar é este? o que faço aqui? quem é você? Acudiam então a mãe e o pai, em resposta aos gritos de Manuel, apavorado com a cena: seu irmão de olhos abertos e cravados nele, mas incapaz de reconhecê-lo.

Seis anos depois, esse rapaz, meu avô, casou-se na igreja de San Miguel com Mercedes, nascida em Buenos Aires, filha de espanhóis. Para mim, que não a conheci, essa mulher foi primeiro um nome capaz de evocar uma inalcançável beatitude e, mais tarde, uma imagem quase irreal estampada numa foto colorida à mão pelo meu avô e descoberta numa velha caixa de papelão entre as coisas do meu pai.

O guia do imigrante espanhol aconselhava: ao chegar à idade de se casar, se for possível, se estiver apaixonado, é melhor fazê-lo com uma mulher argentina. Seus amigos estão aqui, seus hábitos e costumes foram adquiridos aqui, e seus filhos devem ser argentinos, porque a esta altura você já é quase um deles. Em 1945, no ano em que nasceu seu filho caçula, meu avô decidiu que chegara o tempo de se naturalizar.

Vinte anos antes, ele começara a trabalhar numa ótica no centro da cidade, a ótica Boston, que mais tarde compraria, no ano de 1954. Deixo-me levar pelo desenho dessas cifras: trilho uma cronologia gravada em mim pelos poucos acontecimentos que conheço: um nascimento, uma viagem, uma morte. Na imagem espacial de um tempo que não vivi, inscrevo minhas marcas.

Imagino aquele mês de março de 1976, em que eles completaram cinco décadas juntos. Me siento tan vieja, ela lhe disse. Foi no meio de um filme, sem olhar para ele e na escuridão da sala, sabendo que ele poderia optar por responder ou não, já que o álibi estava dado: afinal de contas estavam no cinema, e não era hora para um pensamento daqueles. Embora o filme fosse lento, muito lento, e os dois soubessem que num dia como aquele, depois da notícia no rádio, era impossível prestar atenção em qualquer outra coisa. Me siento tan vieja. E era como dizer: não sei se vou agüentar.

Ela fazia 70 anos naquele dia. Por que não uma festa para comemorar os dois aniversários? Agora, depois da notícia, quem poderia pensar nisso. Hay que esperar, ele disse, sabendo que as cartas já estavam dadas, sabendo que ela sabia que era só uma forma de acalmá-la. Falaram pelo telefone com os filhos e decidiram que era melhor não se reunirem naquele dia, mas a festa sim, talvez. Uma coisa dessas deixa tudo em suspenso.

Quando antes de sair para o cinema foi até o banheiro se maquiar, viu que seu rosto estava coberto de manchas rosadas, uma irritação espalhada que o pó-de-arroz não conseguiu disfarçar. Maldita piel. O médico provavelmente lhe diria que era psicológico, lhe receitaria uma pomada e encerraria a consulta com um olhar sem horizonte: hay que esperar.

II

Eu, criança, meu pai, minha mãe, partindo mais uma vez. Não consigo imaginar como fizeram. Por onde começaram? Escolheram um lugar e depois empacotaram as coisas? Em que momento a pura ficção da partida se torna realidade? Se eu fosse partir agora? Se neste momento mesmo tivesse que juntar todas as minhas coisas numa mala e partir? Todas as minhas coisas, repito, flertando com essa impossibilidade – a tão desejada completude, cada coisa em seu lugar, todas as coisas devidamente guardadas.

Olho à minha volta: todas as minhas coisas são quase nada neste momento, vivendo há um mês numa cidade estrangeira. Os móveis (um sofá, uma mesa com quatro cadeiras, uma escrivaninha, uma cama), herdados do inquilino anterior, ficariam. No fundo da mala iriam os livros, uma dúzia deles, e em cima as roupas. Partir de repente, se fosse agora, seria até fácil. E a gata? Teria que abandonar a gata? Nem cinco minutos sobrevivo a essa ficção. Então como fizeram?

Lembro-me de ter aberto os olhos com uma pergunta: o que estou fazendo aqui? Vejo meu pai e minha mãe arrumando objetos no espaço do apartamento novo que na minha lembrança é imenso, o nono andar de um prédio em frente à Praça do Lido. Lembro ou imagino? A chegada num aeroporto desconhecido e a pergunta desconcertante, seguida de um silêncio: qué lengua hablan?

Pergunto também pelo meu primo, com quem brincava de polícia-e-ladrão no antigo apartamento. Saiam daí com as mãos para o alto. Vocês estão cercados. A casa está cercada. Enquanto brincamos, minha mãe nos observa debruçada sobre um monte de papéis espalhados pela mesa da sala. Gostava de tê-la ali, ao alcance dos olhos. Por que está chorando, mãe? É só uma brincadeira – pára de chorar, mãe.

De um lado para o outro eles carregam as coisas em silêncio. Vou inspecionar meu novo quarto, onde há uma bicama que logo aprenderei a chamar de "beliche". Estranha essa palavra com sotaque francês, diz minha mãe quando lhe conto a novidade. Todos os dias, após uma tarde de aula com a professora Felisa, chego em casa com novas palavras que ensino à minha mãe.

Volto para a sala e me sento numa das cadeiras da mesa de jantar. Sinto-me hipnotizada pelo movimento dos dois. Não consigo me mexer. Os olhos arregalados. Não adianta resistir – vocês estão cercados. Encolhida debaixo da cama, ouço as ameaças com um frio na barriga. Mais cedo ou mais tarde, vão me achar. Por isso detesto ser o bandido; acuada como a ratazana que o amigo do meu primo matou a pedradas. A ratazana não morre! A ratazana não morre! Mãos ao alto. Silêncio. O apartamento novo é grande demais para nós três, avalio.

Naquele outono de 1977, nossa primeira escala foi Porto Alegre, cidade que inesperadamente reencontrei nas páginas de um livro muitos anos depois. O personagem do romance que estou lendo se senta à beira do rio Guaíba numa tarde de verão. Ou melhor, ele se lembra de uma tarde de verão à beira do rio Guaíba. Porque o personagem está num país estrangeiro e busca um refúgio contra uma língua que não entende e o encontra nos rastros de um verão não muito distante em que, sentado à beira do Guaíba, decidiu partir.

No apartamento da avenida Nossa Senhora de Copacabana, as noites são longas e obscuras. Lá fora, circulam uns poucos carros e de vez em quando se ouve um cachorro latir ou as vozes de pessoas conversando. Dentro de casa, há criaturas que meus pais não vêem, visitas inesperadas que me fazem acordar, pular da cama, correr até a porta para verificar uma e outra vez: trancada. O mesmo movimento várias vezes por noite, até que finalmente vem o sono profundo.

Muitos anos depois as aparições retornariam. Heranças de um outro tempo? Leio que estamos constituídos de restos de palavras que nos afetam e permanecem em nós, como marcas indestrutíveis, fendas que abrem caminhos definitivos e que nunca ficam desertas. O meu desconcerto é evidente quando, mais uma vez, no meio da noite, acordo de pé, diante da porta: trancada.

III

Que pele é essa, tão branca, esses caminhos de veias, essa película quase transparente que me cobre? Vou me descolorindo pelo caminho. Eu me sinto mais cansada do que da primeira partida. Andei perdendo sangue? Busco o fio das coisas. Entro no meu apartamento e acho tudo atabalhoado e excessivo. Como foi que juntei todos estes objetos? Móveis grandes e pequenos, bibelôs, patinhos, livros de arte, caixinhas. Vasos de barro e de porcelana, um piano, tapetes.

Vem a lembrança daquela mendiga carregando sua vida no carrinho de supermercado: moluscos gastrópodes. Sonho com um outro lugar, quase vazio, muito claro. Os objetos todos ficaram para trás. E o vazio absorve as poucas energias que me restam. Sinto-me zonza. Os pés estão avermelhados e intumescidos agora que finalmente descalcei os sapatos. Deito minhas costas no chão e sinto cada uma das minhas vértebras. Meu corpo está cansado. Como foi que cheguei até aqui?

Os órgãos oficiais supõem que há em torno de 850 mil argentinos esparramados pelo mundo, diz o jornal. Mas sobre aqueles que vão e vêm com projetos de vida não há precisão nem detalhe, muito menos censo. Por isso, quando se aborda o tema da imigração, abundam as histórias individuais, mas poucas observações medem o fenômeno com rigor científico.

O que se pode afirmar, continua o jornal, é que, comparada com o vizinho Uruguai, que chegou a ter 11% de sua população no exterior, a Argentina, cujo nível de expatriados seria de pouco mais de 2%, não deveria se sentir perturbada pelo fenômeno.

Como se conta esta história? Começo por uma frase que, caminhando à beira da baía de Guanabara, me fisga os ouvidos. É fim de tarde e estou indo em direção ao MAM. As árvores me protegem do ir-e-vir dos carros nas pistas do Aterro. Duas vozes me seguem, uma mulher e um rapaz, conversando a uns dois metros de mim. Si un día te volvés a la Argentina, diz a mulher. A língua perfura a paisagem. Contraio os músculos do rosto e sinto se definir imediatamente aquela ruga familiar entre os olhos. Com a ponta dos dedos, aliso-a num exercício inútil de apagamento.

Ao chegar em casa, sento-me diante do computador e escrevo: partindo mais uma vez. Procuro me lembrar da primeira vez que voltei à Argentina e me dou conta de que não guardei nenhuma imagem desse retorno. É possível que tenha se apagado por completo da minha memória? Eu não era tão nova no natal de 1983. A memória, uma engrenagem gasta, lenta, falha, engolindo o resto dos dias, as palavras, os dizeres, as palavras, as palavras – Como era mesmo que se dizia? Mas nesse mesmo oco, de sua insondável profundidade, emergem as imagens mais inusitadas de uma viagem, uma partida e um barco ancorado no porto de uma nova cidade.

Leio que a migração dos pássaros continua sendo um mistério. Algumas teorias sustentam que as impressões que eles carregam de seu local de nascimento que resultam numa persistente urgência de voltar para lá na primavera. Uma das coisas enigmáticas e admiráveis sobre essas longas viagens é que alguns deles se separam dos pais e sem nenhum guia podem se orientar na direção certa sobrevoando vastas extensões de água. São inúmeros os perigos que se enfrentam nessas jornadas e os que conseguem chegar a seu destino trazem as cicatrizes de muitas tempestades.

Imagino uma trama de partidas e dela começo a desentranhar minha ficção. Partindo mais uma vez, escrevo, e me dou conta de que a pura fantasia, com suas infinitas possibilidades, fica aquém desta história. Ela terá de ser real: escavada nos livros e nos relatos familiares. Escrevo: carreguei marcas através das décadas, acumulei signos, resíduos de memória, e os desagüei na geografia desta cidade. Do mar ao rio e de novo ao mar, aqui cheguei. As viagens se escrevem do momento em que me deixo levar por uma voz quase perdida, pulsação secreta, fantasma.

Litoral

Pedro Süssekind

Era curiosa a impressão de encontrar reduzida a realidade que, vista com os seus olhos de criança vinte anos atrás, tinha uma outra dimensão. Todas as casas caiadas, as ruas de pedra e os declives gramados que dão na praia do condomínio em Angra dos Reis eram muito maiores na sua lembrança, de modo que agora pareciam uma espécie de maquete do lugar verdadeiro, onde Júlio antigamente costumava passar as suas férias. Ele se esforçava para relembrar, diante da visão do lugar, a alegria dos primeiros dias de verão, cheios de promessas de passeios de barco por ilhas desconhecidas e tardes de sol na praia. Naquele tempo, os caminhos estreitos entre as casas remetiam a passagens secretas, atalhos novos a descobrir, possibilidades de desvio ou de esconderijos nas brincadeiras de criança, a iminência de acontecimentos imprevistos. No entanto, mesmo ao mostrar para Carolina a casa de seus pais e contar uma ou outra história sobre o quanto gostava daqueles primeiros dias de verão de sua infância, Júlio sentia uma certa decepção. Esperava muito mais da visita, ao imaginar como seria a volta a um lugar onde costumava ir sempre e que nunca mais tinha visto. Tinha em mente algo como um acesso claro a todas as suas lembranças perdidas, e agora parecia olhar para um cenário de dimensões equivocadas no qual os acontecimentos que se esforçava para recordar mal se encaixavam.

Foram para a casa 36, a última casa da terceira rua num total de sete paralelas que desembocavam todas na praia. Oi Zanoti, disse Carolina, finalmente a gente consegue vir para conhecer a sua casa. A menininha mostrou com os dedos que tinha 6 anos, em resposta à pergunta do anfitrião, que viera esperar na varanda ao ouvir o barulho do carro. Então faz mais de dois anos que a gente não se vê, você vai gostar de conhecer o José, ele disse, referindo-se ao seu neto mais novo. Em seguida mostrou a sala confortável, na qual havia, de um lado, uma enorme almofada embaixo de uma janela pela qual se via o mar, além da mesinha, da televisão e da estante de livros, quase toda ocupada pelos volumes da enciclopédia Britannica e da coleção Oceanos. Do outro lado ficavam a pia, o fogão e a geladeira da cozinha americana, com uma mesa e quatro cadeiras de madeira de demolição, comprados em Paraty junto com a estante, como informou o dono da casa. A casa era quase igual à que tinha sido do avô de Júlio, anos atrás, por isso lhe dava mais uma vez a sensação de ser uma miniatura do lugar que ele conhecia. Quando ele comentou isso, Zanoti lhe disse que precisava ver a do Gustavo, seu filho, que ficava bem em frente e não tinha passado pela reforma para fazer a varanda, por isso preservava o projeto original das casas do condomínio.

O convite para a viagem tinha surgido quase por acaso, na última vez em que Júlio visitara o amigo de seu avô na sala do centro da cidade, que dividia o andar com um cartório. Luis Zanoti tinha se aposentado como advogado tributarista e mantivera aquele escritório na rua Graça Aranha, onde ainda trabalhava dando consultorias para empresas. No piso inferior havia uma agência de publicidade e consultórios médicos; abaixo, um curso de inglês ocupava todo o quarto andar, e uma imobiliária, o terceiro; na sobreloja, além de uma papelaria e de uma casa de câmbio, ficava um pequeno restaurante vegetariano em que os dois muitas vezes almoçavam juntos quando Júlio ia ao centro da cidade.

Mas, naquela visita, tinham ido almoçar no restaurante japonês do edifício Avenida Central, e depois aproveitaram para passar no sebo em que Zanoti sempre gostava de dar uma olhada. Era um ávido leitor de obras informativas, colecionava enciclopédias e assistia quase todos os dias aos documentários da National Geografic e do Discovery Chanell. Existia sempre um assunto para o qual sua atenção estava voltada especialmente no momento, de tal maneira que um estranho julgaria ter sido aquele o objeto de estudo de toda uma vida: carros alemães ou mitologia romana, física quântica, culinária indiana, fotografia submarina ou medicina chinesa, o folclore da região amazônica, computação gráfica, escrita árabe, astronomia e telescópios, aves de rapina, análise infinitesimal, história persa...

Havia nuvens carregadas sobre o mar naquela manhã de sábado, mas Gustavo tinha certeza de que se afastariam um pouco mais tarde, de modo que eles poderiam seguir a programação de dar um passeio de veleiro e almoçar na ilha. Carolina tomou um Dramin logo depois de entrar no barco e passou de novo protetor solar na Sofia, que nem parecia uma menina carioca com aquela barriga branca, disse para a filha. José, por sua vez, se orgulhava de não precisar de protetor e mostrava pela marca do calção o quanto estava queimado pelo sol. O vento estava forte o suficiente para que não fosse preciso ligar o motor em nenhum momento do passeio pela baía de águas calmas, até eles ancorarem perto de uma praia, num ponto em que a água do mar era especialmente clara e transparente, permitindo que se enxergasse o fundo a quatro, cinco metros de profundidade.

Era uma manhã de sábado diferente de todas as manhãs dos meses anteriores, nas quais Júlio seguia a rotina de ler o jornal demoradamente à mesa do café e depois cuidar das plantas enquanto Sofia assistia aos desenhos na televisão e Carolina ia à feira. Ele observou o jeito alegre de Carolina ao contar para Sandra, mãe do José, enquanto elas tomavam sol na proa do veleiro, a história de quando eles dois se conheceram numa festa de réveillon. Sofia, um pouco assustada pelo fato de estar saindo de barco pela primeira vez, fizera questão de ficar no seu colo, e ele apontou para sua filha as coisas mais bonitas da paisagem sob o azul intenso do céu, as casas das ilhas, entre o verde das árvores e as pedras batidas pela espuma branca, onde ela imaginava como seria morar. Zanoti lhe dissera o nome das ilhas e dera algumas explicações sobre os termos náuticos, enquanto fazia de conta que José era seu melhor ajudante e o incentivava a mostrar para Sofia a utilidade de cada apetrecho do barco. Quando chegaram à ilha, as crianças tinham se divertido obrigando Gustavo e Júlio a buscar as estrelas-do-mar que conseguiam enxergar no fundo, pela água transparente. Vai afogar o seu pai assim, Carolina tinha dito, rindo, enquanto esperava com os meninos no bote de borracha.

Depois, passeando com sua filha, Júlio chegou às pedras que margeavam a praia e davam na entrada de uma trilha. Do outro lado da pequena enseada, quase toda a encosta era só de pedras, mas neste ela era coberta de mata e avançava em um aclive suave. Sofia quis andar um pouco na trilha, que passava por entre as sombras de um bambuzal, depois seguia, bastante aberta, em meio aos troncos caídos, arbustos de vários tipos e árvores de todos os tamanhos, emaranhados naquele trecho de Mata Atlântica que ainda restava na ilha. Olha pai, um esconderijo, disse a menina quando finalmente chegaram a uma espécie de gruta, que ficava no limite entre as pedras e a mata. Com a filha no colo, Júlio fingiu se esconder na reentrância, que tinha uma abertura para o outro lado, da qual se podia ver de novo o mar batendo nas pedras. Sofia disse que estava com medo e que não queria passar para o lado de lá, ao olhar a descida abrupta de pedras, já quase no final da enseada. Repentinamente, enquanto consolava a filha, uma lembrança indistinta que viera acompanhando Júlio por todo o caminho tomou formas nítidas. Era aquela a ilha em que ele, muito pequeno ainda, tinha saído para uma aventura com os meninos mais velhos, enquanto os pais ficavam na praia tomando sol e conversando. Ao chegar à abertura da gruta, ele também tinha ficado com medo de cair, em seguida todos andaram nas pedras que queimavam os pés, até uma espécie de rachadura na pedra que ele se recusou a atravessar. Os outros meninos, maiores e mais destemidos, capazes de saltar o buraco de metro e meio, tinham mandado Júlio de volta pelo mesmo caminho de pedras quentes, que ele percorrera sozinho e envergonhado. Mas, ao chegar perto da gruta, viu surgir dela justamente seu pai: – Que esconderijo vocês arrumaram, ele tinha dito, mostra o caminho para mim – e então tudo ficou bem.

A partir daquele momento, enquanto Júlio e Sofia voltavam pela trilha, foi como se todos os lugares percorridos de barco e no condomínio de casinhas brancas ganhasse de novo seus contornos antigos. Ao mostrar para Sofia cada um desses lugares, era como se Júlio enxergasse através dos olhos de sua filha as dimensões e o encantamento que as coisas tinham quando ele mesmo era criança. Quando os dois foram pescar, horas mais tarde, no muro de pedras próximo ao banco de areia que se estendia a partir da praia do condomínio, enquanto ele contava histórias que provocavam risos em Sofia, todos os verões da infância de Júlio percorriam sua imaginação, como se fossem vividos novamente.

N.E. Litoral é o texto que dá nome ao livro homônimo de contos de Pedro Süssekind publicado em 2004. Curiosamente, pelo esmero do autor com seu trabalho, entendendo que estava este conto inacabado na época de sua publicação, resolveu que não faria parte do livro, que só agora se completa como obra fechada com sua publicação nesta revista-livro.

Acalanto

Simone Paterman

I

O berro da criança em desespero, a mulher sacudindo a criança, o grito de fome ecoa ainda nos meus ouvidos, em todos os meus sentidos, mesmo perdido nessa imensidão marinha. Meu filho gritando que a culpa era minha, que não tinha nada que esquecer, ele me dizendo, pai, ninguém confia em você em casa olhando a criança, sossega um pouco e vê se cuida do filho que precisa de você e foi você que fez, eu nada, eu não fiz nada, meu filho é branco demais para ser meu, mas é meu, a única coisa minha que eu tenho nesse mundo, que eu vou ensinar a não deixar ninguém passar para trás, ninguém te faz trabalhar o mês inteiro e no fim do mês diz que não tem para te dar, o que eu fiz com o homem ele mereceu, eu que não ia chamar polícia senão o preso era eu, disso eu não me arrependo assim como não me arrependo de nada que fiz nessa vida, foi uma prova que Deus me pôs para ver a minha confiança infinita Nele, o malandro que pegou vai ser punido, o negócio dele vai gorar, quando Deus está longe de ti nada dá certo, vai ter dinheiro mas não vai ter saúde, não vai poder brincar com o filho, ou senão vai criar filho de outro pensando que é dele, porque mulher não gosta de malandro, mulher sempre vai preferir ficar do lado de trabalhador que não bebe e não fica por aí à toa. A patroa só na novela, novelo de lã tecendo sapatinho em pleno verão do Rio de Janeiro, azul de lacinho, meu filho devia chorar era pela desgraça do sapatinho, ou então era cólica, porque fome ninguém nunca passou na minha casa, ninguém nunca pôde reclamar que eu não fiz o melhor que podia, e que aquela desgraça toda só mesmo com álcool e um palito de fósforo, descia para a praia, me atirava no mar e esquecia tudo, Deus havia de escolher uma onda para me afogar ou me levaria náufrago para uma ilha sem governo, só pescando, Deus há de me perdoar e agora eu aqui, vendo estas nuvens passando correndo no céu e o berro do filho na cabeça, este céu vai fechar e se trovejar já viu, Deus vai mandar um raio na minha cabeça porque eu mereço tudo de ruim que se pode mandar, pode mandar tubarão que se a mordida doer eu vou pensar só na dor e não vou ficar aqui que nem palhaço, longe da margem conjeturando se a mulher correu a tempo, se a cunhada fez alguma coisa, aquela besta, aquela gente merecia era aquilo, a vida não presta mesmo, a mulher era muito boa e a criança dormindo parecia um anjinho, eles não mereciam este fim, eu não merecia ter lhes dado esse fim, mas agi pela mão de Deus que disse se livra dessa gente e vem para mim, sai desse país e vai pescar, vai se libertar, quando caí no mar me entreguei a Deus, ele que decidia, pois foi ele que sempre decidiu tudo na minha vida, quando corri para o mar e nem tive medo eu não mereço punição alguma, eu mereço paraíso, só Deus é quem pode julgar, ele vai me punir sem piedade alguma, em algum momento vem uma onda e desço direto para o inferno, o diabo sempre me tentou e, se não obedecia, ele ia lá e fazia no meu lugar, porque aquele ali riscando fósforo não podia ser eu, eu jamais faria aquilo arriscando a vida do meu filho, quando vi a minha cara no espelho não acreditei, o fogo atrás e as minhas sobrancelhas, parecia que era o próprio satã ali no meu lugar. Vou beber dessa água até me embriagar, alguém cala esse choro, enfia uma chupeta na boca dessa criança, assim que eu chegar na areia corro para lá e acalanto meu filho, meu filho, larga esse berro tatuado nos meus ouvidos, filho, silencia e dorme como um anjinho que eu estou indo pro céu para te embalar só nós dois sozinhos, já disse, filho, cala essa boca senão eu grito, eu grito, só mesmo gritando para Deus me ouvir, a culpa não foi minha, foi um anjo dele caído, tem alguém na areia, eu vou gritar e ele vai ouvir, ele está entrando na água é para me salvar, é branquinho como os anjos do céu, mais alto, mais alto, socorro, não posso morrer, tenho mulher e filho para criar, a mulher deve ter aproveitado para farrear com a cunhada, e aí deixa o menino sozinho, quando é pra farra pode, que ele vai ficar dormindo tranqüilo sem cólica nem estômago vazio, socorro, mais alto, socorro, alguém deve ter ouvido e achado que não sou capaz de me salvar sozinho, sempre fiz tudo sozinho, eu e Deus, na minha casa nunca ninguém passou fome, a casa, eu que comprei a tevê para ela ver novela e ela agora vem dizer que compra tudo para casa, até a cachaça, ela vai ver que ainda quebro a tevê que é minha e posso quebrar, quebro na cabeça dela se quiser, aí boto fogo em tudo, se Deus quiser, se Deus mandar, socorro pelo amor de Deus.

II

Lembro-me então da ameaça que a onda representa, mas não dá mais tempo. Já não há mais perigo, eu e ela já somos uma. O mundo é apenas cor e som, ainda que um som cheio de silêncio, ouve-se tão pouco quando não se pode entender o que as palavras querem dizer. Desapareceram os nomes próprios, mas sinto ainda o seu gosto na minha boca. Somem então os verbos. Talvez esqueça que te amo, que já te amei, só por não saber mais dar um nome preciso a este estado de corpo, essa saúde de insônia e de suores, assim que me lembrar vou soprar seu nome, e esse nome vai ter a força de uma palavra mágica, de uma senha, eu digo o seu nome e você ouve das estrelas, desce e me faz lembrar de novo quem eu era e como eu era feliz, grita meu nome no orgasmo que eu vou me lembrar, que eu sou apenas desmemória, seu rosto some, as nuvens brancas passam pelo seu rosto azul enorme, vai chover, um raio vai me fulminar e agora o medo invade o vazio e lembro-me do medo que sentia, o medo de morrer era o medo de perder você, aí vem você e morre primeiro, fora dos planos, esqueci nossos planos, esqueci de mim mesma, esqueci de regar as suas plantas, de alimentar nossos gatos, esqueci o seu nome, não há mais seu nome para chamar, para pedir socorro, nem adianta falar de Deus que ele está ocupado controlando a órbita das estrelas, porque é Ele quem decide o movimento dos astros, e manda um anjo para cuidar de cada folhinha de grama, cada graminha tem um anjo, e se Deus não quiser, se a semente não merecer, ela não nasce.

Não há nada mais que seu sêmen no meu lençol, esse meu corpo pulsando nessa vida sem desígnios, sem nada para designar, então, essa vida que só poderia ser compreendida pelos loucos e pelos animais. Nossos gatos. Muito antes de ser quem eu sou, eu já havia feito o mapa de todas as estrelas está ao alcance da mão cada estrela nesse universo pequeno e aconchegante que os homens acreditam grande este universo cada estrela em órbita é minha mente em sinapse minha mente ilimitada a água é um abraço gelado eu ficaria aqui a vida inteira se não me faltasse o seu corpo quente, procuro o seu nome entre os que ainda lembro, há apenas o calor da tua pele e teus pêlos seu corpo ondulante já estou no gramado de casa, um anjo para cada graminha, como você me dizia, os gansos bicando um patinho, coitado, meu irmão entrando de bóia no laguinho, o pato já não tem mais força para fugir, meu irmão se aventura a salvá-lo os gansos se afligem, agora é ele a vítima, nós todos rimos muito, até a empregada espremendo o suco de laranja, ou será que isso eu vi num filme ou então deve ter sido um sonho, nós sempre moramos em apartamento e eu nunca tive um gramado nem um irmão mais novo nunca tive ninguém para cuidar, jamais salvei sequer um pato do bico dos gansos, talvez sequer tenha visto um pato ou um ganso de verdade, o oxigênio me forja uma memória inexata preciso beber desta água antes que eu me esqueça de você, o sal do sêmen, o sal da terra, as graminhas verdes.

Um grito me desperta e então posso me lembrar sei que é meu dever apreciar cada palavra que me emerge. A cada coisa corresponde um nome como se isso constasse em sua própria essência o mundo se torna novamente pleno de significado, e a mente já não raciocina mais sem usá-las, as palavras. Elas adquirem cores e passeiam pelo meu corpo contando a história da minha vida desde que nasci para então sumirem suavemente, deixando-me só. O susto de um mundo tão rico as ofusca outra vez, e só então que vem o desmaio. No oxigênio que me falta posso me lembrar do tempo em que escrevia para aprisionar as palavras, mas agora sou eu a cativa, à míngua, à margem. Minha voz aguda em reminiscências opera sozinha, canta docemente, embala-me, lembro-me de ter ouvido um grito, este grito é de alguém, é de alguém que me precisa, é meu dever buscá-lo, é o grito de um homem, preciso acalentá-lo, como ele é frágil, como um bebê nas ondas do destino, as ondas do mar, pronto para o resgate, dai-me forças, meu Deus, olhai por mim agora, desejo este homem.

III

Um acalanto cala o grito, é Deus me pondo para dormir, que bonito, não posso dormir, Deus levou o homem em seus braços antes de mim, Ele me deixou vivo foi para que eu o salvasse através de Suas mãos, Ele opera no mundo através da bondade dos homens, é uma moça, meu Deus, e como o seu canto é bonito, já devo ter ouvido mil vezes, todas as noites minha mãe me embalava, minha mãe, me perdoa, Deus não quer que este homem me salve eu não mereço nem o descanso da morte, Ele me deixou vivo e se eu passar por mais esta prova sei que ele vai me perdoar sei que não mereço perdão algum, Deus, dai-me forças este corpo é de uma mulher, ela canta, ou senão é o Senhor cantando para me guiar, me guia, Senhor, eu me arrependo, que voz bonita, se eu me arrepender de verdade, o Senhor me dá forças para resgatá-la, essa moça, tão frágil, recém-saída da infância, deve sentir frio deve sentir medo, meu Deus, a mãe me cantava sentia um amor imenso uma onda nos leva à margem, é a mão de Deus essa moça não merece morrer a gente na areia já está de manhã tem vendedor de picolé, criança, bola, tem o velho lendo jornal as palavras me somem somos só nós dois vivos aqui, meu Deus.

Paralisias

Tatiana Salem Levy

1. Origem

Fincar os pés na terra, as unhas dos pés na terra. E ficar. Não sair do lugar. Não cruzar fronteiras. Não errar pelo deserto. Afundar os pés na lama, as mãos na lama. O corpo: na lama. Cravar as unhas dos pés no solo árido e pedregoso, no solo rachado da seca. E ficar. Recusar o movimento, paralisar. Recuar.

Talvez eu queira voltar à origem. E ficar. No ventre já seco ou embaixo da terra; com a mãe ou com os vermes. Amputar minhas pernas, colar minhas mãos uma na outra. Os lábios com massa e cimento. Ouvir as pessoas me chamando e não sair do lugar. Parada, paralisada. Arraigada até se formarem crostas, cascas de lama me contornando. Caranguejo no mangue. Recuando.

O corpo em chagas, em sangue, em pus, misturado à lama, devorado pelos caranguejos – como no primeiro dia.

2. Dor de cotovelo

Você não quis o meu amor. Te dei mais e o que tinha, você não quis. Te dei meu corpo e o que ele comporta, você não quis. Meus olhos, minhas mãos, você não quis. Te dei meu sexo encharcado, minhas noites não dormidas, você não quis. Meus seios, você não quis. Meu ventre e o filho que nele carregaria, você não quis. Te dei mais e o que tinha. Te dei meus sonhos, você não quis. Te dei o cavalo branco para que tornasse real a nossa história de amor. Te dei a fantasia de príncipe, você não quis. Te dei a garantia do final feliz, você não quis. Te dei meus medos, minhas angústias, te dei minhas dúvidas, você não quis. Te dei minha certeza, minha coragem, você não quis. Te dei meu futuro e meu passado, você também não quis. Nem sequer olhou para trás, nem sequer titubeou. Você, sim, a cabeça ereta, o corpo rígido, prosseguiu. Nem sequer uma piscadela derradeira. Nem um aceno, nem um desvio no passo seguro. Você foi, traçou uma linha reta e foi. E eu: continuei no mesmo lugar, no mesmo banco da praça em que nos conhecemos. No mesmo domingo ensolarado. Na mesma manhã. Eu fiquei. Sentada no banco, gritando para todos que passam que daqui não saio, nem por um decreto.

3. Despedida

O mesmo sonho, há tempos. Estou dormindo, você chega e se senta na cama, ao meu lado. Afaga meu cabelo em silêncio. Eu acordo e a vejo. Antes que eu tenha tempo de me sobressaltar, você se precipita e diz: voltei. Você diz certeira em meus olhos: tive que viajar, mas agora estou de volta. Então, aperto a sua mão com força, para que dessa vez não mais me escape, enrugo a testa e pergunto: quer dizer que a escolha foi sua?

4. Luto

Quando o rabino se aproximou com a tesoura, apontei o dedo para o coração e disse: aqui. Eu deveria, em memória do defunto, usar a blusa preta, um corte do lado esquerdo, durante sete dias. E depois jogá-la ao mar. Não sei se por medo ou preguiça, carrego ainda hoje a blusa em meu corpo.

5. Escrever

Há anos tento escrever. Há anos, quando a imagem vem, a mão paralisa.

6. Culpa

A culpa é sua, sim. Não venha agora me dizer que não fez por mal. Não venha agora me dizer que não tinha a intenção. Que nunca quis me machucar. Não, não venha agora com esse papo furado, com esse lenga-lenga; não venha me dizer que essas coisas acontecem, que a vida é imprevisível, que nunca se sabe o dia de amanhã. Por favor, poupe-me do óbvio.
(Eu te condeno à culpa eterna.)

7. Destino

Hoje acordei não consegui levantar. Acordei interrompendo os sonhos – confusos. Pessoas estranhas, lugares nunca vistos, um mar enorme e mãos: muitas mãos se entrelaçando, se esfregando. E eu, no meio do sonho, no meio das mãos, abria a boca como que para gritar, mas: nenhum grunhido. Acordei meu corpo era todo suor, uma papa melada que, no entanto, me fazia sentir frio.

Hoje acordei não consegui levantar. Minha cabeça pesava sobre o travesseiro. No meu corpo, andavam formigas e mais formigas, que faziam dele a travessia rumo a um destino que desconheço. Minhas pernas, meus braços, sim, eu podia senti-los, mas não mexê-los. Nada saía do lugar. Nada se manifestava. Dos pés à cabeça: nada. Eu tinha me tornado um bloco monolítico (para sempre, meu deus?), tinha me incrustado de vez na cama, como carrapato em pangaré. Sozinha, eu não estava, porque podia ouvir do lado de fora do quarto as vozes e os passos que habitavam a casa. (Grite então, peça ajuda!) Daqui a pouco, vão todos aos seus devidos lugares, pensei, e aí estarei verdadeiramente só. O dia correndo, eu na cama. O tempo o tempo: e eu tonta, acreditando que poderia segurá-lo. Que poderia passar a vida na cama sem a vida passar.

Hoje acordei não consegui levantar. Minha cabeça não virava – nem para a direita, nem para a esquerda. O pescoço duro, rígido como uma pedra. Paralisei completamente. Estendida na cama. Pensando que só podia ser um grande mal. Será que eu tinha feito algo de errado? Que carregava alguma culpa, talvez não minha, mas dos meus antepassados?

Sentia um peso quadrado, como uma pedreira sobre mim. Levantar era uma opção, eu sabia disso. Todos os dias, eu tinha que escolher entre ficar ou partir. Dormir ou levantar. Em outros tempos, optei pelo movimento. Mas agora não. Não tinha como. Era um mal que se abatia sobre mim. Dores no corpo todo, músculos triturados, nervos gastos. A pele caída, os órgãos pesando, como se já ouvissem o chamado da terra. Levantar para quê? Se era a própria cama que me chamava. Talvez eu não tivesse escolha. Talvez eu tivesse que pagar por um pecado que não o meu.

(Vamos, minha filha, levante-se, mexa-se. Você sabe que pode. Mesmo que seja aos poucos, mesmo que demore. Sim, você sabe que o caminho é possível, que a escolha é sua. Mexa-se!)

Te conheço de algum lugar?

Os autores

ANTONIA PELLEGRINO nasceu no Rio de Janeiro em 1979, sob o signo de leão com leão. Formou-se em ciências sociais (PUC-Rio), é roteirista, edita o blog Inveja de Gato <http://www.invejadegato.blogger.com.br>. Organizou o livro "Lucidez Embriagada", de Hélio Pellegrino (Planeta, 2004), teve o conto *1983* publicado no livro *Prosas Cariocas* (Casa da Palavra, 2004). Trabalha em seu primeiro romance.

AUGUSTO SALES, 33 anos, gosta de literatura e entende de números. MBA em finanças, atua como consultor de fusões e aquisições. Quando não está assessorando investidores, acompanha o trabalho de novos autores através de paralelos.org e finaliza seu primeiro livro de contos.

CECILIA GIANNETTI nasceu no Rio de Janeiro em 1976. Tem contos espalhados pela web e publicados nas antologias *Prosas cariocas* (Casa da Palavra, 2004) e *25 mulheres que estão fazendo a nova literatura brasileira, volume 2* (Record), organizada por Luiz Ruffato. Escrevescreve no <http://escrevescreve.blogger.com.br>.

CRIB TANAKA, 25 anos, é jornalista e designer de moda. Teve textos publicados em diversos sites, como Pessoas do Século Passado, Radio Mol, Blogautores, Capitu e os extintos Falaê, Spamzine e Txt Magazine. Atualmente, trabalha em seu primeiro livro de contos.

FLÁVIO IZHAKI, 25 anos, nasceu no Rio de Janeiro e é jornalista. Co-organizador da coletânea de contos *Prosas Cariocas – uma nova cartografia do Rio de Janeiro* (Casa da Palavra, 2004). Tem contos publicados em diversos sites de literatura. Participou da Oficina Veredas da Literatura, na Flip 2004. Mantém o blog Bohemias <http://bohemias.blogspot.com>.

Francisco Slade, 27 anos, é carioca e mestrando em comunicação pela UFRJ. Publicou pela editora 7 Letras seu primeiro romance, *Domingo*, em 2004. Dizem que, às vezes, escreve em seu blog <http://seudinheirodevolta.blogspot.com>.

Gustavo de Almeida, 36 anos, é jornalista. Em onze anos de carreira, passou por vários jornais localizados no Rio de Janeiro. Trabalhando nas editorias de Geral e Esportes, colecionou algumas histórias. Uma delas será contada no livro *Santa Bárbara e Rebouças*, que está escrevendo. Atualmente trabalha no *Jornal do Brasil*. Pode ser encontrado em <http://gustones.multiply.com>, onde tem publicado seus contos, crônicas e até receitas de cozinha.

Jaime Gonçalves Filho, 31 anos, nasceu no Rio de Janeiro, é jornalista e escreve para veículos como Agência Carta Maior e Portal Viva Favela <http://www.vivafavela.com.br>.

João Paulo Cuenca nasceu no Rio de Janeiro em 1978. É autor de *Corpo presente* e co-autor de *Parati para mim* (Planeta, 2003), que lançou como um dos escritores convidados da primeira FLIP (Festa Literária Internacional de Parati). Escreve crônicas aos sábados para o *Jornal do Brasil* e é colunista da revista *TPM (Trip para mulheres)*.

Jorge Cardoso, 32 anos, nasceu em Niterói (RJ), estudou Filosofia e História da Arte por alguns anos. Atualmente mora ao Norte da Suécia. Seu primeiro livro, *Mal pela raiz*, foi publicado em 2004 pela editora Baleia.

Jorge Rocha, 31 anos, jornalista, nasceu em Campos dos Goytacazes (RJ) e hoje vive em Belo Horizonte. Jorge possui dois livros inéditos: *Seremos todos mais felizes* e *Usina Elevatória de Traição*. Jorge é editor do site Patife <http://www.patife.art.br>.

Leandro Salgueirinho, 30 anos, é mestre em Literatura Brasileira. Em 2003, lançou *Pressentimento do umbigo*, pela editora 7 Letras.

MARA CORADELLO, 30 anos, é capixaba radicada no Rio de Janeiro. Autora de *O Colecionador de Segundos* (2003), livro aprovado pela Lei Rubem Braga de Vitória (ES) e publicado pela editora 7 Letras. Mara participou da antologia *25 mulheres que estão fazendo a nova literatura brasileira* (Record, 2004), organizada por Luiz Ruffato, e mantém o blog O Caderno Branco de Mora Mey <http://cadernobranco.blogger.com.br>

MARIEL REIS, 28 anos, nasceu em São João do Meriti (RJ), Bacharel em Letras exerce atividade de contador trabalhando alternativamente com pintura contemporânea. Mariel tem um livro de contos inédito (sem título) e trabalha em seu segundo livro, um romance.

PALOMA VIDAL, 29 anos, nasceu em Buenos Aires e aos dois anos veio para o Rio de Janeiro. Publicou o livro de contos *A duas mãos* (7 Letras, 2003) e participou da antologia *25 mulheres que estão fazendo a nova literatura brasileira* (Record, 2004) organizada por Luiz Ruffato. Mantém o blog Quem tem asas <http://quemtemasas.blogger.com.br>

PEDRO SÜSSEKIND, 31 anos, é tradutor e atualmente cursa o doutorado em filosofia pela UFRJ. Seu livro de contos *Litoral* (2004) foi publicado pela editora 7 Letras. Suas traduções mais recentes são *Novela* (7 Letras, 2004), de Goethe, e *Ensaio sobre o trágico* (Zahar, 2004), de Peter Szondi.

SIMONE PATERMAN, petropolitana, tem 25 anos e é formada em Cinema (UFF). Não tem planos de manter um blog, e seu primeiro romance, *Crisálida*, ainda não foi escrito.

TATIANA SALEM LEVY, 25 anos, nasceu em Lisboa, mas mora no Rio de Janeiro desde os 9 meses. É doutoranda em literatura e publicou o livro *A experiência do fora: Blanchot, Foucault e Deleuze* (Relume Dumará, 2003). Participou da antologia *25 mulheres que estão fazendo a nova literatura brasileira* (Record, 2004) organizada por Luiz Ruffato. Trabalha agora em seu primeiro romance.

Monotonamente, todos moram no Rio de Janeiro e arredores, com exceção dos Jorges, Rocha e Cardoso, que vivem respectivamente felizes em Belo Horizonte (MG) e na Suécia.

AGRADECIMENTOS

Agradecemos a todos que contribuíram direta ou indiretamente para realização deste livro, especialmente à Martha Ribas e Julio Silveira, que nos receberam em sua Casa no inverno de 2003, e a todos os escritores e amigos pelo apoio sempre presente à iniciativa de *Paralelos*.

Revista Paralelos
Caixa Postal 1381
CEP 20010-974
Rio de Janeiro – RJ
revista@paralelos.org

* * *

NA INTERNET
WWW.PARALELOS.ORG

Este livro foi composto em Minion e impresso pela
Ediouro Gráfica sobre papel Pólen Bold 90g/m^2 da
Suzano. Foram produzidos 3.000 exemplares para a
Editora Agir em novembro de 2004.